共和国故事

风波乍起

——一九九二年深圳股市风潮始末

王治国　编写

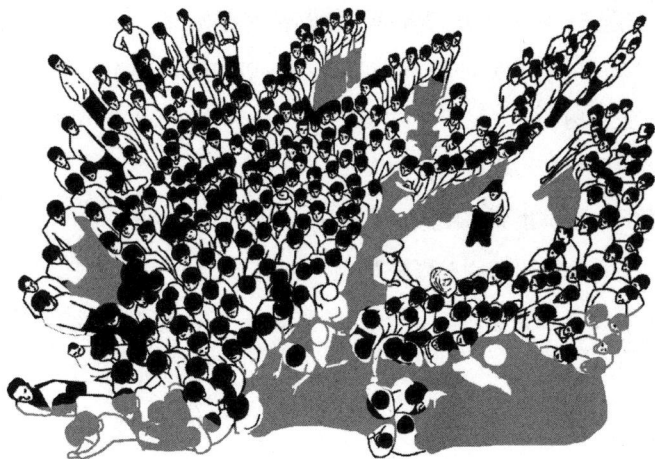

吉林出版集团股份有限公司

图书在版编目（CIP）数据

风波乍起：一九九二年深圳股市风潮始末/王治国编. —

长春：吉林出版集团股份有限公司，2009.12

（共和国故事）

ISBN 978-7-5463-1811-0

Ⅰ. ①风… Ⅱ. ①王… Ⅲ. ①纪实文学 – 中国 – 当代 Ⅳ. ①I25

中国版本图书馆 CIP 数据核字（2009）第 236718 号

风波乍起——一九九二年深圳股市风潮始末

FENGBO ZHAQI　　YI JIU JIU ER NIAN SHENZHEN GUSHI FENGCHAO SHIMO

编写　王治国

责任编辑　祖航　李娇　关锡汉

出版发行　吉林出版集团股份有限公司

印刷　三河市嵩川印刷有限公司

版次　2010 年 1 月第 1 版　　　　2022 年 1 月第 9 次印刷

开本　710mm×1000mm　1/16　　　印张　8　字数　69 千

书号　ISBN 978-7-5463-1811-0　　　定价　29.80 元

社址　吉林省长春市福祉大路 5788 号

电话　0431 – 81629968

电子邮箱　tuzi8818@126.com

前　言

　　自 1949 年 10 月 1 日中华人民共和国成立至今,新中国已走过了 60 年的风雨历程。历史是一面镜子,我们可以从多视角、多侧面对其进行解读。然而有一点是可以肯定的,那就是,半个多世纪以来,在中国共产党的领导下,中国的政治、经济、军事、外交、文化、教育、科技、社会、民生等领域,都发生了深刻的变化,中国人民站起来了,中华民族已屹立于世界民族之林。

　　60 年是短暂的,但这 60 年带给中国的却是极不平凡的。60 年的神州大地经历了沧桑巨变。从开国大典到 60 年国庆盛典,从经济战线上的三大战役到经济总量居世界第三位,从对农业、手工业、资本主义工商业的三大改造到社会主义市场经济体制的基本确立,从宜将剩勇追穷寇到建立了强大的国防军,从废除一切不平等条约到独立自主的和平外交政策,从"双百"方针到体制改革后的文化事业欣欣向荣,从扫除文盲到实施科教兴国战略建设新型国家,从翻身解放到实现小康社会,凡此种种,中国人民在每个领域无不留下发展的足迹,写就不朽的诗篇。

　　60 年的时间在历史的长河中可谓沧海一粟。其间究竟发生了些什么,怎样发生的,过程怎样,结果如何,却非人人都清楚知道的。对此,亲身经历者或可鲜活如昨,但对后来者来说却可能只是一个概念,对某段历史的记忆影像或不存在,或是模糊的。基于此,为了让年轻人,特别是青少年永远铭记共和国这段不朽的历史,我们推出了这套《共和国故事》。

《共和国故事》虽为故事,但却与戏说无关,我们不过是想借助通俗、富于感染力的文字记录这段历史。在丛书的谋篇布局上,我们尽量选取各个时代具有代表性或深具普遍意义的若干事件加以叙述,使其能反映共和国发展的全景和脉络。为了使题目的设置不至于因大而空,我们着眼于每一重大历史事件的缘起、过程、结局、时间、地点、人物等,抓住点滴和些许小事,力求通透。

历史是复杂的,事态的发展因素也是多方面的。由于叙述者的视角、文化构成不同,对事件的认知或有不足,但这不会影响我们对整个历史事件的判断和思考,至于它能否清晰地表达出我们编辑这套书的本意,那只能交给读者去评判了。

这套丛书可谓是一部书写红色记忆的读物,它对于了解共和国的历史、中国共产党的英明领导和中国人民的伟大实践都是不可或缺的。同时,这套丛书又是一套普及性读物,既针对重点阅读人群,也适宜在全民中推广。相信它必将在我国开展的全民阅读活动中发挥大的作用,成为装备中小学图书馆、农家书屋、社区书屋、机关及企事业单位职工图书室、连队图书室等的重点选择对象。

编　者

2010 年 1 月

一、 股市热潮

- 深圳街头不知从什么地方突然冒出一支支认购新股的大军。据保守估计，一夜之间大约有60万人拥向深圳街头200多个认购申请表发放点。

- 当看到连续涨了近一年的股票在第一次出现下跌的时候，几十个股民气急败坏地冲进市政府，振振有词地责问有关领导。

- 老百姓纷纷给有关部门写信、去电话，赞扬这种方式照顾了他们的利益，组织工作也做得不错。

发放原始股认购表

举世罕见的中国经济起飞，催生了中国股市升幅惊人的 1991 年牛市。

与 1991 年牛市相媲美的 1992 年牛市，随着改革开放再掀高潮。

从 1992 年 5 月 21 日至 23 日，股票价格一飞冲天，3 天内暴涨了 570%。

这一天被称为中国股市真正诞生的一天。

1992 年，牛市的涛声阵阵，一浪接一浪。可以说，深圳的牛市正是在这个基础上形成的。

证券作为虚拟资本，理论界对于它的激烈辩论也许更是虚的，这一点老百姓不一定听得懂，也不一定那么关心。

但是，一连两年的牛市所带来的巨大财富效应却是实实在在的，是看得见又摸得到的。

于是，买股票可以一夜暴富的神话像长了翅膀一样迅速传遍了大江南北、千山万水，被认为是改革开放以来继经商、房地产大潮之后能够快速致富的第三个浪潮。

此时，深圳亿万双眼睛开始盯住了股票，尤其是原始股。

由于其巨大的增值空间，原始股被视如神话中的点金石、聚宝盆。

正因为新股成为财富的象征，谁买到了新股，就意味着谁将获得一笔丰厚的利润，于是新股不言而喻就成了热销品。

由此，新股发行的问题便变得非常敏感，究竟如何贯彻"三公"原则，杜绝腐败与内幕交易，便成为新股发行工作中的重中之重。

在这方面，深圳市一直在进行探索，发行方式也一变再变，力求规范与成熟。

最早的发行方式，所谓的"老五家"，即发展、万科、金田、安达和原野股票，是由上市公司自己承销的，没有什么承销商、代理商。

这种方式的弊端是显而易见的，但在当时也是再所难免的。

按照国际惯例，证券的发行是由证券商包销，而承销商则向投资者发售，由投资者认购。

此时，中国股市的现实是僧多粥少，供需矛盾非常突出。

这就决定了只能采取申购再按比例配售的发行方式。

1991 年 11 月 10 日发行的 11 家新股就是通过先由投资者购申购表，再抽签确定购买者的方式进行的。每抽中一张认购表，可以购 1000 股原始股。

11 月 8 日，中华、康佳、南坡、物业、深宝、华源、鸿华、华发、石化、中厨、中冠 11 只新股的发行方法公布。该方法决定，采取预先统一派发申请表，集中抽签，中签后在上市公司正式获得批准发行股票时，再分别办理交款认购手续的方式。

当时准备发出去300万份，分别投放至全市共292个金融网点。

按11家新股发行总额两亿元，以每份中签申请表只能认购2000股计算，中签率为3.6%左右。

1991年11月10日，深圳街头不知从什么地方突然冒出一支支认购新股的大军。

据保守估计，一夜之间大约有60万人拥向深圳街头200多个认购申请表发放点，每个发放点排队的"长龙"都超过两公里。

面对突如其来的认购大潮，深圳出动了3400名警察和保安人员到场维持秩序。

深圳街头多日不见的炒股场面，现在变成了炒认购申请表的场面。

由于每一号码最多只有一次中签机会，即已中签的号码不再参加下次抽签，而且每个中签号限购2000股，所以人们都想多领几张认购申请表。

可认购申请表上的身份证号码只能出现一次，否则申请表就无效。

也就是说一张身份证只能拥有一张认购申请表，因此一夜之间身份证"价值"倍增。

据当时深圳全市统计，挂号的大户就有数千人，这些握有巨资的股市大户，开始到处收购身份证。

一时间身份证被炒到了 500 元一张，同时认购申请表也被炒到了 700 元一张。

在发放认购申请表的同时，深圳各专业银行通存通兑储蓄网点也出现了排长队存款的现象，估计深圳全市日增存款超过 4000 万元，也就是说，人们已经准备好了中签后认购新股的钱。

此时，每天到深圳证券登记公司开办"股东代码卡"的股民，骤然间增至 3000 到 5000 人。

"股灾"的阴影在深圳新股的推出中一时被抹得一干二净。

到 11 日傍晚，发放结束，实际发放了 293 万张认购申请表。

按时间规定，收回并有效的认购申请表为 237 多万张，约占发放总数的 81%。

无效的颇多，无效的申请表主要是不符合《关于申请认购深圳市 1991 年上市公司新股的公告》的具体要求，即申请人未满 18 周岁或者身份证号码不清楚、被修改过的。

其中还有人只有一张身份证却领了几张申请表，导致身份证号码重复填写。

最后，根据有效认购数，预计将有 10 万人得到中签机会。

11 月 22 日 20 时 30 分，深圳电视台对新股抽签进行了实况转播。

23 日《深圳特区报》全力报道，并随时公布了抽签结果。

从这次新股的认购狂潮，人们可以意识到深圳人对股票一无所知的时代已经一去不复返了。

仅仅两年时间，深圳人对股票经历了从无人问津到狂炒再到狂跌的大起大落，股市变化快，成败竟与何人说？

深圳股市发展史上有其啼笑皆非的事例。

深圳第一次发行股票，购买者寥寥无几，原始股民大都是经证券公司职员连拉带劝或由单位领导动员带头，把股票当做一种半带强迫性、半带义务性质的集资，以一种讨厌的又没法躲避的逆反心理买下的。

谁知春种一粒粟，秋收万颗粮。几年以后，当他们发现自己的股票已连翻几个跟头变成几万、几十万的时候，那种"无意插柳柳成荫"的狂喜着实让他们兴奋了好大一阵子。

但也出现了这样的事情。当看到连续涨了近一年的股票在第一次出现下跌的时候，几十个股民气急败坏地冲进市政府，振振有词地责问有关领导：

股价昨天还是 380 元，今天怎么变成 350元？你们是怎么搞的，我们这不亏了吗？

这种场面足以让西方的股民笑得喷饭。

然而，到 1990 年，当计划经济的最后一点痕迹即对股市的涨跌实行限价停牌的政策，从深圳股票身上被抹去之后，深圳股市便真正活跃了起来。

哪怕股价一天之内由 300 元直线下降到 30 元，也不会有股民找到市政府去理论了。

这次认购狂潮意味着股票供需失衡的时代已经到来，那种对股票的无知而产生的连夜排队抛股票都抛不掉的场面将不会再现了。

对股票的纯粹无知所导致的大起大落，与股市的投机阶段的震荡是有区别的。无知时期的"崩盘"并不是超跌，更不会有什么超跌后的反弹，而是股票真的能成为废纸。

在这次的认购申请表发行中，深圳市民纷纷排队认购，虽然从头天晚上起就长龙不断，但仍算秩序井然。总的来说，这次发行是成功的，各方面的反应都是肯定的。

老百姓纷纷给有关部门写信、去电话，赞扬这种方式照顾了他们的利益，组织工作也做得不错。

港澳报纸也发出一片赞扬之声，认为比香港股市过去的认购办法还要先进合理。

也许是这一次的新股申购太顺利了，致使主管层沉迷于胜利的喜悦而对其潜在的风险失去了警觉，从而埋下了爆炸的种子。

他们没有意识到：股票这头资本市场的怪兽，并不总是驯服与易于驾驭的。

当它激发出人们疯狂的逐利本性时，它就要失控了。

在经历了股市持续走低 9 个月后，在仅仅两个月的时间里，对股票的狂热突然重新降临深圳这个年轻的城市。

到 1991 年 12 月的下半个月，深圳股市终于打破持续 20 多天的百点盘局，向上突破。

12 月 23 日，股指由 101 点升至 110 点，24 日创下 114 点的 12 月最高纪录。

1991 年的最后一个交易日，6 只股票全部报升，深圳指数收在 110.3688 点。

即将到来的 1992 年是中国传统的猴年，先知先觉者或许已经意识到，中国股市也将如疯猴般地上蹿下跳，真正意义上的投机阶段来临了。

股市再度急剧升温

1988 年 9 月 26 日，在中共中央第十三届中央委员会第三次会议上，股份制和股票正式被正名：

允许和鼓励有条件的大中型企业发行股票……

同有偿转让国有土地的使用权一样，都不会削弱公有制的主体地位。恰恰相反，可以充分利用社会游资，减轻国家财政负担，于国有益，于民有利，应该以更加积极的态度，切实抓紧抓好。

这无疑为国有企业股份制改造吹响了进军号。

经过几年试验和实践，中国政府终于下定决心：

逐步扩大债券和股票的发行，并严格加强管理，发展金融市场，鼓励资金融通，在有条件的大城市建立和完善证券交易所，并形成规范的交易制度。

这决心又通过中国最高领导人的一言一行具体表现

了出来。

1992 年即将来临之际，时任国务院总理的李鹏在国务院国务委员全体会议上的讲话中指出：

　　发行股票是一种筹集资金的好形式，目前正在深圳、上海进行试点工作。群众买股票的热情很高。我们要因势利导，还要告诉大家股票有风险。要使股票为发展我国社会主义经济服务。

随后，李鹏和邹家华副总理先后视察了上海证券交易所。1991 年 11 月 21 日，李鹏在上海证券交易所挥毫题词：

　　证券交易为社会主义经济建设服务。

1992 年 1 月 26 日，江泽民对上海证券交易所进行视察，并挥笔题词：

　　发展和完善具有中国特色的证券交易市场。

1992 年 1 月 19 日，中国改革开放的总设计师邓小平南下深圳，当这位 80 多岁的老人从火车上下来时，广东省委书记谢非紧步上前，紧紧握住他的手，激动地连声说："我们非常想念您。"

岂止是想念，广东省在 20 世纪 90 年代初一直是改革开放前沿阵地，他们更加需要理论上的肯定和实践上的指导。

1 月 22 日下午，邓小平在深圳迎宾馆发表了令全国人民备受鼓舞的讲话，其中对股市讲的那段经典之语，是当时证券界的人士都能背诵的：

> 证券、股市，这些东西究竟好不好，有没有危险，是不是资本主义独有的东西，社会主义能不能用？
>
> 允许看，但要坚决地试。看对了，搞一两年。对了，放开；错了，纠正，关了就是了。关，也可以快点，也可以慢点，也可以有一点尾巴。
>
> 怕什么？坚持这种态度就不要紧，就不会犯大错误。

这段讲话令深圳振奋不已，股民们纷纷奋勇入市，股价升势锐不可当。

1992 年 2 月，在邓小平南方讲话之后，国家体改委立即在深圳召开全国股份制企业试点工作座谈会，肯定了股份制试点的重要意义，指出：

坚决试，不求多，务求好，不能乱。

1992 年 3 月，李鹏代表国务院在七届全国人大五次会议上所作的《政府工作报告》中，对股份制改革提出了决策性意见：

实行股份制是筹集建设资金和监督企业管理的一种有效方式，并有利于促进企业机制的转变。要积极进行发行股票和证券交易市场的试点工作，抓紧人员培训，完善规章制度，健全交易秩序，使股份制经济为社会主义建设服务。

中央的肯定和决心，使各地企业的股份制改革迅猛发展。1992 年是股份制企业增长速度最快的一年。

全国股份制企业新增近 400 家，总量约达 3700 家，比 1991 年增加约 15%，而全年证券发行量、交易量均居历年之冠。

同时老百姓购买股票的热情也居历年之冠。

股民迷恋认购证

　　从 1991 年 11 月起，许多股民开始对股票"认购证"魂牵梦绕，至于极少数因"认购证"而摆脱工薪阶层的股民，对 1991 年的股市更是念念不忘。

　　1992 年的上海业已开放，和 20 世纪 80 年代相比，老百姓的银行存款大幅度增长。截至 1991 年底，上海股票总面额为 2.76 亿，可流通的个人股面值为 7569 万元。

　　据 1992 年初上海复旦大学金融系对上海个人投资者进行的一次问卷调查表明，上海有 79.35% 的人说自己想买股票而买不到，83.62% 持有股票者想要追加股票投资。

　　虽然在 1991 年 10 月 28 日，上海实施了个人股票收入调节税，即按股息、红利超过一年存款利息部分交纳 20% 的个人收入调节税，但这一措施并没有遏止人们对购买股票欲望的升温。

　　问卷调查明确地告诉股市的管理层，上海人对股票的热情已达到了沸点。

　　如果新股发行，数十万人拥上街头的场面不可避免，对于社会治安将是一次严峻的考验。

　　1992 年 1 月 13 日，上海管理层推出了新股发行办法，1992 年股票发行实行认购证摇号中签购股，认购证每份收费 30 元，有效期为一年，单位和个人均可按规定时间到银行办证。

在这个发行办法中，有两点是极为明智的：

第一是没有像深圳那样仅在两天里发售，而是在长达一个多月的时间内，各大银行网点随时可以购买"1992 年上海股票认购证"；

第二是无限量发售，有多少需求就供给多少，认购证本身没有股票的供求失衡性质。

这两点避免了万人上街争购的局面，也就同时避免了治安上的隐患。

事实证明这一方法是安全有效的。认购证印制精美，封面烫金，封底上印有"股市有风险，入市需谨慎"的字样，每份内设可复写的四联，要求购买者填上自己的姓名与身份证号码。认购证出售所得资金全部捐献给上海福利会。

原本准备了 100 万张认购证，以为足够供应，没想到一抢而空，管理层只好马上加印。

据认购证财务代理、中国工商银行上海市分行统计，截至 1992 年 2 月 1 日，上海各发行点共售出"1992 年上海股票认购证"207.6 万份，共计收入 6232.95 万元，除去工本费、广告费等支出，尚余 5620 万元，全部捐赠给了上海福利会。

2 月 2 日发售工作圆满结束，各发行点停止对外供应。

207万份比管理层预计多出了一倍，可对于热情高涨的市民来说，这个数字太少了，因为他们是拿"无限量"来比的。而且并不限于上海人可以购买，只要是中国公民都可购买，在许多人眼里发行结果会出现非常庞大的数字，所以大多数股民根本不看好"认购证"。

正因为大家不看好，致使有一些人"歪打正着"地发了财。

时任申华公司董事长的瞿建国，当时正为公司上市的事到证券公司接洽业务，证券公司的人说："你是公司老总，帮我们完成点指标，买些股票认购证吧。"

不容分说，便填表给了瞿建国1000张认购证。瞿建国心想，自己公司有那么多人，1000张总能推销出去的，再说为了公司上市，证券公司的人是不能得罪的。所以他拿了这1000张认购证，到自己公司动员手下人买，但动员来动员去，员工们出于给领导面子，大都认购一两张意思意思。一圈下来300张都没卖掉，瞿建国只好拿着700多张认购证去证券公司退。

"你拿都拿回去了，怎么好退？不好退的。就算给上海的福利事业作点贡献吧。"证券公司的办事员对他说。

碍于面子的申华董事长只得四处借钱把一堆"包袱"背回了家。就这样，瞿建国在"迫于无奈"的情况下发了500多万元的财。

当初并不看好认购证的人，当看到售出207万张的结果公布后，马上意识到中签率会很高，因为207万与他们预计的数字相差太远了，尤其当时认为全年最多摇10只股票，没想到最后居然参加摇号的多达30多只股票。

买的人后悔没多买，没有买的人更是懊悔不已！

于是发售一结束，认购证就被黑市狂炒起来。

30元一张的认购证炒到了600至1000元，万国黄浦营业部门前成为黑市认购证集散地，每天聚集着众多的"黄牛"。

1992年3月2日，"1992年上海股票认购证"首次摇号仪式在上海联谊大厦举行。

众诚、异钢、浦东强生、嘉丰、轻机、联合、二纺机7家股份公司向社会发行面值共7052万元的股票，中签率为10.3%。

这个中签率无疑给认购证黑市注入了一针兴奋剂。30元一张的认购证一年将摇号4次，按这个中签率推算，全年的中签率将近50%。

如此一算，不免后悔之情扶摇直上，黑市认购证的价格为之狂飙，一张中签认购证价格突破了3000元，是成本价的100倍。

万国黄浦边上的皇宫海鲜酒楼当时成了炒认购证大户的据点。一张张饭桌被大户们包租下来，各张饭桌也有"专业"之分，有专炒单张的，有专门买卖连号的，还有专门经营整本，即连号的100张的。皇宫海鲜酒楼的生意为此也火爆异常，最后100张连号的认购证竟炒到了将近 20 万。

在第二次摇号的前夜，据说有些大户上演了一出"生死赌"，即把所有认购证根据尾数的单双分开，然后彼此交换，大户们手上要么全是单号的，要么全是双号的，这意味着要么全部中签，要么全部不中。

1992 年 5 月 25 日，参加"1992 年上海股票认购证"第二次摇号的企业开始发布招股说明书。

6 月 5 日，"1992 年上海股票认购证"第二次摇号举行，这次共向全社会发行了面值 3.1 亿元的股票，中签率高达 50%。

7 月 25 日，"1992 年上海股票认购证"第三次摇号举行，共向社会个人发行股票 723.03 万股，中签率为 11.6%。

8 月 10 日，"1992 年上海股票认购证"第四次摇号，共 7 家公司向社会个人发行 9200 万元面值股票，中签率又达到百分之十九。

至此，当"1992 年上海股票认购证"完成其历史使命时，中签率差不多达到了百分之百，完全高出人们的想象能力，即使"心轻万事如鸿毛"的人，也不能不为之怦然心动。

最后有人统计，买一张 30 元的认购证，如果中签的股票属中流，认购成本大约 2000 元，上市后抛出，利润却在 5 万元上下。

即使那些在黑市以最高价买入的认购证，因为都能中签，在 1992 年上海股市的火爆行情中，购入的股票大都也能带来利润。

上海的高先生知道股票是因为 1992 年发认购证，他不看好认购证，认为"无限量"发行将会产生一个庞大的数字，所以一张都没买。

可面对停板制度保护下天天涨停的股票，他是眼红的，尤其看了报刊上那些报道"杨百万"的股市经历，就更加按捺不住。他没跟老婆商量就辞掉了公职，并把家里两万元存款拿出来，准备当职业炒手。因为这种"疯狂"的行为，老婆跟他大吵了一场。

要成为股民首先得有股票，高先生天天起早去证券公司等编号，但他每天的委托石沉大海，没有成交过一笔。

1992 年的 2 月 18 日是他事业的真正开端，因为那天上海证交所决定取消延中和飞乐股份的涨跌幅限制。这一天他起得特别早，第一个挤到证券公司的柜台前等待开盘。

"市价买入延中，市价买入。"高先生递上委托单，根本不看电视上出来的开盘价。

延中前一天收盘价为 98.90 元，开盘价是 148.80 元，他在 153 元满仓买进。当日延中收在 168.40 元，涨幅高达 70.27%；而飞乐股份也有 46.56% 的涨幅。

"什么'狼'呀？分明是被羊吃的狼肉嘛。"收盘后股民们笑逐颜开地嘲笑报刊上把风险视为"狼来了"的评论。

高先生与股民一样开怀地笑，他给老婆打电话："今天我踩到高跷啦，当天盈利。"老婆虽然反对丈夫辞职炒股，可对盈利还是高兴的。

随后，延中和大飞乐像两匹野马，一前一后地狂奔。面对"盖子"掀掉后的狂涨，手持其他股票的股民不再愿意抛出，使得其余 7 只股票基本没有成交。

3 月 12 日，延中实业突破 380 元后，开始第一次回落。高先生与许多散户一样，没看到过回落的走势，认为是电脑出了故障，他挤到柜台边去问接单员："电脑怎么会坏？看不懂呀？"

"股价下跌啦！"接单员的回答给了他当头一棒。

那时的股民还不懂得什么技术指标，甚至连牛市、熊市都没听说过。他们只有一个观念：买股票发财。

高先生手持延中，只会做一件事，盼着明天上涨。每天晚上从计算账面盈利转变成计算"损失"，这种转变使老婆失去了计算的兴趣。

随后的一个月，虽然天天下跌，但延中依然站在 300 元之上，高先生还保持着账面上 100% 的盈利。

5 月份，延中破 200 元，他慌了神，准备抛出。5 月 21 日，上海证交所全面放开所有上市 15 种股票的股价，取消了涨跌停板制度。

这一天对于上海的意义，有如 2 月 28 日对于深圳。这意味着政府对股票价格不再横加干预，听由股民哄抬或者打压。

消息提前 16 个小时传出，好像一阵风吹过这座城市，把持续了好几个月的沉闷气息吹散了。

市民亢奋起来，从每一个角落拥出，会聚到证券公司。股市已经收盘，但这依然不能阻止人群膨胀。毫无疑问，明天是个好日子，无论天气还是人气，都是如此。

午夜时分，人群没有散去的征兆，只等着太阳升起的时候股票大涨。

一个记者到处跑了一圈，回来趴在灯下，挥笔写一句："上海有几万人正在街头熬过长夜。"

四川中路的海通证券公司门口，一个花甲老人向人群发表演说："这回该狠狠搏一记了。小阿弟们，机会错过不会再来了！我年轻的时候白相股票，常常是 3 日两头不吃饭的。"

全城 30 家证券交易点门口，这时候都已人山人海，有人干脆扛来躺椅，发表演讲的，朗读报纸的，扎堆儿交流经验教训的，一片沸腾。

有人连夜驱车跑到杭州，把这 180 公里沪杭公路弄得通宵车水马龙。这时只有杭州能"异地委托买卖"上海股票。上海这些人深夜赶路，显然不是为了去看西子湖畔的桃红柳绿，而是为了追赶次日第一时间股票交易。

到达杭州的时候已是黎明，朦胧晓色中，却见浙江省证券公司门前早有一条由人组成的长龙。这座秀丽恬静的城市现在也和上海一样，躁动地等待着这个朝霞满天的早晨。

开盘后的气氛果然不同凡响。

摆脱了控制的股票价格，就像摆脱了约束的人心世情，扶摇直上。新股老股携手并进，两天上涨了134%。到星期五收市的时候，上海股市出现诞生以来的第一个奇观：面值100元的"豫园股票"以一万元收盘。

西方世界有个股市奇迹，说的是微软公司股票从这时起，10年涨了33倍。可这"奇迹"哪里比得上当日小小"豫园"——5天涨了100倍！

面对这么好的形势，高先生立即打消了抛出念头。

5月21日当天，高先生望着开盘后新老各股如野马狂奔，上证指数从20日的616点直飙升至1265点收盘，狂涨105%。涨幅最大的为轻工机械，从36元跳至195元开盘，以205.50元收盘，涨幅高达470.83%，当日所有放开股价的股票平均涨幅高达298%。他乐得心都要跳出来了。

这天延中又飙升至250元附近，高先生的脸上洋溢起"疯牛"的狂喜。

从"盖子"掀掉的那天起，上海股市真正演绎起上蹿下跳的"猴市"。

5月26日上证指数继续飙升，创出历史新高1420.79点。风险之"狼"似乎如临狂"牛"大军，惧而微之，难觅踪影。高先生更是捂紧股票，不肯抛出。

送走春天，迎来夏天。上海股民的大家庭里每天增加一万人，有30万人了，大家全都像过年一样快乐。

但是当初给股票价格摘"帽子"的那些官员现在胆怯了。他们在出奇制胜以后，不肯乘胜前进，反而忧心忡忡起来。

人们后来都说这些官员昏庸无能，其实这是过于苛求。让政府官员领导股票，本来就是勉为其难。

20世纪50年代初共产党取缔股票市场的时候，他们中大多数不是没有出生，就是还在襁褓中。他们的股票知识，并不比茅盾《子夜》的读者更多。这时他们主要是被那"潘多拉盒子"里面跑出来的"疯狂"、"嫉妒"和"罪恶"吓坏了，正在想办法把它们塞回去。

5月底上证指数出现高台跳水，从1400点持续下跌，开始了暴涨后的第一次风险大释放。

在股票下跌之初，高先生依然抱着希望，当时的一些大户也不甘寂寞，猛攻盘子小的兴业、爱使、飞乐音响和申华，这4只股票被称为"四小龙"，看着飞乐音响从100元飙升至420元，当时面值为10元，高先生企盼着延中也能重现昔日的辉煌。但这种狂炒只是强弩之末，最后的疯狂。

当股市下跌时，一些股民开始抛售，而"黄牛"炒编号和委托单的黑市死灰复燃，人们抛不出股票比买不到股票更着急。

为了解决散户"卖出难"问题，上海证交所采取了一项特殊措施。

6 月 1 日，上海证交所率领 20 多家"会员"，浩浩荡荡开进"文化广场"。这广场其实是个大剧场，有半个足球场那么大，没有座位，空空荡荡。政府叫股民们都到这里来，告诉他们，股民太多了，而股市委托代理点太少，实在挤不下，所以才在这里开辟新的交易柜台。

这想法不错，但是官员们却又自作聪明，要所有柜台只挂"委托卖出"的招牌。换句话说，这叫"只许卖不许买"。

一时间，上海西南隅的文化广场人山人海，每天前往抛股票的股民络绎不绝，场面蔚为壮观。高先生去了文化广场，在那里证券公司只接受卖出，不接受买入。"股票超市"里散户们争先恐后抛售股票的空气氛令高先生感到恐慌，他不由自主地加入了做空行列，抛掉了延中。抛掉的价位正是买入价 153 元。

他的第一次炒股，不赢不亏，玩的就是心跳。

几个官员赶到当场，一看大势不好，赶快宣布暂停营业。

那时候政府就是这样来"领导"股市，也没有人说他们瞎指挥。什么"政策面""基本面"一类说法，也是几年后才由股评家的专业术语变作老百姓的口头禅。

"文化广场"这一暂停就是 7 天，等到再次开门的时候，至少有 8 个柜台可以"小额买入"了。

以后两个月，广场的委托柜台慢慢多起来。

到了这时，谁都看懂了，政府的办法虽然雷厉风行，其实也是有一搭没一搭的，既不肯让股票暴涨也不肯让股票暴跌。

于是人心稍定，都说这广场是一个具有中国特色的"证券大集"，也不再争相抛售。

不过，最惊心动魄的"证券大集"已经南下，转移到深圳去了。

在福州，闽发证券公司在 1992 年下半年于报上登出通知，要求市民以信函方式申请办理上海证券交易所股东登记，当天上午福州各邮局人潮汹涌，全市各主要街道的邮筒个个爆满。

在重庆，1992 年发行了 30 万张股票认购证，每张 5 元，一张身份证限购 5 张，当即售卖一空，随即在人行道和公共场所，市民们公开进行认购证交易，一张中签认购证可以炒卖到 1500 元，未中签的也高达 300 元以上。

此外在成都的红庙子街，成立了四川省证券交易中心，1992 年 8 月 11 日，发行了第一只可转换债券工益券，500 元一张的债券，转手炒到了 1000 元。

1992 年，中国"股份年"真正来临了。

二、 危机四伏

● 会议主持人抬头看了看"禁止抽烟"的标语，又看了看紧锁眉头的与会者，他只能暗暗地叹了一口气，嘴角露出一丝苦笑。

● 在保证此项工作顺利进行的同时，市局和各分局积极组织巡逻队、联防队巡逻于大街小巷，确保社会秩序的安定。

● 买抽签表需要身份证，于是深圳街头遍地都是打电话的人，一个个都对着三江五湖拼命地喊："赶快寄身份证来！"

百万股民拥进深圳

1992 年，因为股票，深圳疯了。

当年的《投资者》杂志描述当时的深圳：

沸腾了，整个城市在股票的旺火热浪之中。

形形色色、各行各业的人们由于经不住股票的诱惑而纷纷下海。

据相关人士宣称，到 1992 年 7 月底，在深圳聚集的外地人达 50 多万人。此时，深圳市 80% 至 90% 的旅店客满为患，老板看到行情火热，就把两个床铺并到一起索要 3 个甚至 4 个床位的价钱，而旅客们对此也从没有表示异议。

就这样，来自五湖四海的股民为了一个共同的目标走到了一起，他们脸挨着脸，腿靠着腿地躺在一起，股票成了他们共同的话题，也是维系他们感情的唯一的纽带。

一位旅店的老板在接受记者采访时说："从今年 7 月份开始，是我们旅馆开办以来生意最红火的时候，绝大多数旅客都是来深圳炒股的，来得最早的股民已经入住 3 个月了。"

这几十万大军引起的辐射波在各行业各部门引起了很大的震动。

深圳自来水公司的一位负责人对记者说："自从进入5月份以来，全市的用水量急剧上升。到7月底，全市用水量已达到平常的两倍，尽管我们的员工昼夜不眠地工作，但是由于事前没有做好充分的准备，仍然造成一些地段的缺水甚至断水。"

7月份深圳市的垃圾排放量也达到了往常的3倍！

1992年8月初，又一批内地人涌向沿海开放城市深圳。他们不是去打工的，而是去抢购深圳即将发行的新股认购申请表的。

8月的第一周，上海人挥手告别"文化广场"，匆匆赶来这里，租下闹市中心上海宾馆的整整一层楼。

一群北京人，在帝豪酒店安营扎寨；还有一群黑龙江人、辽宁人和吉林人，他们驻扎的天池宾馆，距离证券公司只有几步。

几个小时的工夫，这些人就把深圳街头所有带"股"字的书全都买光了。

他们通晓"移动平均线""RSI""M顶""W底"这些术语，就像蝗虫席卷一片正在生长的麦田。有些人还手持一台小型股票行情显示器，或者一部装置股市技术分析软件的电脑。那时候这些都是新鲜玩意儿，所以当他们得意扬扬地宣告"股民不出门，全知股价情"时，别人都挺羡慕。

可是说归说，实际的情形却又两样：那几天是没有人能够"不出门"的。全城 21 个证券营业所，个个门前人山人海。

人们排着队，昼夜不散，但最引人注目的东西却不是人，而是人群中的一张纸。

它一次又一次地传到每人手中，又由后来者接过去，纸上密密地写着人名。其实，人的名字也不重要了，重要的是每个人名前边的那个序号。

这种把人编成号码的办法乃是百姓自发创造，并由众人选举的"龙头"付诸实行。

按照规定，"龙头"每隔两小时点名一次。不是叫人名，只是叫序号，比如"123 号"，或者"321 号"，听到者立即答"到"，无论昼夜，不得间断，倘若两声之后没有"到"的回应，"龙头"当即将该号码连同人名一并划去。

据有人估计，当时扑进深圳的认购者已多达 120 万人。

8 月 10 日，认购申请表发放那天，广州至深圳的火车票从 30 多元的官价，炒到了 200 多元，有的甚至卖到 300 元。

每小时数以万计的人从"二线"的 6 个关口涌入深圳，汽车票被炒到上千元一张，翻了 10 多倍！

此时，深圳所有的旅馆饭店都爆满了，连小吃店的凳子都开始高价出租了。

深圳市政府开始采取措施，限制外来人员的进入，政府规定：进深圳要有特区通行证，能开通行证的至少也得是局级单位。

很多人是开不到通行证的，但这点障碍怎么能挡住发财的脚步？深圳当地的农民早已形成一条龙服务，带路钻铁丝网，每位 40 元。

就这样，市政府的限制措施彻底失败了，外来人员仍在源源不断地涌入。

商讨新股发行对策

1992 年度的深圳新股指标下达了：获准发行总值 5 亿元盘子的股票，共计 14 家上市公司。与此同时，应采取何种方式发行的问题，又摆到了主事者的前面。

这些撩人的认购证，任谁都没有它那般光怪陆离，5 亿元的股数怎么来发行？有关部门煞费苦心，在 1992 年 5 月就开始论证和决策了。

按理说，这应该是职能部门，即深圳证券交易所与证管办的事。但中国的事情有中国的国情，出于股市事关改革成败，事关一方政府形象的共识，政府把这个工作包揽起来了。

政府有政府的考虑，当时也有当时的气候和环境。事实上，各方面的条件此时已经酝酿成熟，而与谁主其事无关。

但是政府越俎代庖管了不应管的事情，在中国社会和经济生活中却是屡见不鲜的。若论典型，这可以列一个。

到 5 月 16 日下午，这已经是关于 1992 年新股发行方案的第五次会议了，十几位市政府主管领导，股份公司总经理、老板，中国人民银行深圳分行行长，股份制研究权威人士又一次聚集在深圳市第二会议室，这时又都陷入了沉默。

直到这天上午，已经提出了 5 种方案：预交款、发行债券、特种储蓄、竞价投标和发售抽签表。每一种方案的提出者都是一片苦心而且持之有据，可到如今还没有确定到底使用哪一种方案。

有几位与会者开始点燃了香烟，会议主持人抬头看了看"禁止抽烟"的标语，又看了看紧锁眉头的与会者，他只能暗暗地叹了一口气，嘴角露出一丝苦笑。

突然，一位经济学教授打破了沉默：

"1973 年春季，美国某地几位股票投资专家坐在一座豪华的大厅里，研究究竟应该购买哪种股票，他们一个比一个深思熟虑，富于经验；在理论方面，他们一个比一个高深莫测，经过数天的严肃计算，他们决定选择福特汽车集团股，但最后的事实证明，这几位专家耗费的所有智慧和心血，全都是徒劳的，因为尽管他们考虑得很周到，但他们没有考虑或者没法考虑到，紧接着的中东战争，阿拉伯石油禁运，全球性通货膨胀以及美国 30 年代以来最严重的经济衰退，天有不测风云，尤其是股票！还是让我们先问问那些股民吧。"

紧接着，大家议论纷纷，但直到散会，仍旧莫衷一是，没有取得丝毫进展。

在这些方案里，首先被提出来考虑的是 1991 年的新股发行方式——已被证明是行之有效的办法，当然可以再用。但反对的声音随即而起：第一次成功，第二次未必成功。

1991 年 60 多万人排队，毕竟蕴藏着非常大的肇事风险，据说，1991 年这次发行前夕忧心忡忡的市长郑良玉曾一个点一个点地巡视，直忙到下半夜两三点钟。不怕一万，就怕万一。前一年不出事，不能保证今年不出事，要知道此时的股市形势要比去年火爆。还是改一改，采取预付款或用存款抵押的方式吧。时间则可以拉长一些，以避免出现排队长龙。

但银行方面首先对这个办法表示异议，提出在做账方面存在困难。于是又设想开设专门用于购买股票的存款账户，以 5000 元为一户作为专门处理，再根据存款户的号码来抽签。这个办法被证券领导小组讨论通过作为1992 年新股发行的方案。

然而更为强烈的抗议声通过市长信箱、市长专线电话、信访、市长接待日与各种传媒等不同的渠道传到领导层：这个方法违反了"三公"原则。它意味着越有钱的人就越可以多买到股票，从而迅速致富；而收入一般、经济状况不佳的平民百姓则被剥夺了认购新股的权利和机会。

义愤填膺的反对者义正词严地质问市政府：改革需要老百姓的支持，要使老百姓受益。5000 元一个户头，谁钱多就存得多，股票也买得多，这是维护有钱人的利益而不顾一般群众的利益！新的办法不可取，还是 1991年的办法好，不论钱多钱少，大家的机会应该均等。

面对强大的反对声浪，一向处事果断的郑良玉市长犹豫了：看来新办法不得不搁浅了。

至此，研究新股发行方式改革的会已开了几十次，历时几个月，方案也拿出了好几种。反反复复，议来议去，上上下下，难以定夺。

然而预定发行的日子已经日近一日，再拖下去已经没有多少时间了。

郑良玉问主管金融证券的副市长张鸿义：对发行方式改不改，讨论过没有？

张鸿义答：讨论了，意见不一致。

郑良玉又问：是多数赞成变还是多数赞成不变？

张鸿义说：多数不赞成变。

既然是多数人不赞成变，加之要重视群众"均贫富"的呼声，以免闹出乱子，郑良玉再三权衡之后，终于作出决定：

不改了，要改，来年再改，就按原来的方式发行。

新股认购公告出台

1992 年 8 月 6 日晚，深圳电视台播出一则新闻：《1992 年新股认购抽签表发售公告》将于明天正式公布。

深圳一下子沸腾起来了。人们对这个激动人心的消息奔走相告，而登载这条新闻的《深圳特区报》《深圳商报》被报贩们炒到了一元甚至两元一份，仍然供不应求。股民们像研读"圣经"一样，不愿意放过其中的每一个字。

1992 年 8 月 7 日，深圳的新闻媒体公布了《1992 年新股认购抽签表发售公告》信息。

不过，对于这些信息，股民早已了然于胸，新股认购表的每一个方案，在每一次刚刚在高层中开始讨论时，从小道传出的消息就已经传遍大江南北了。

鉴于该公告有助于我们对事件触发因素的了解，特将全文转引如下：

1. 1992 年的新股发行采用买表抽签方式。1992 年度发行国内公众股 5 亿股，发售新股认购抽签表 500 万张，一次性抽出 50 万张有效中签表，中签率为 10%，实际中签率按回收的抽签表的总数计算。每张抽签表可以认购本次发行公司的股票 1000 股。按每一家发行公司发行的先后及批准该公司发行股票的总数，再抽签确定该公司股票的号码区间。属于 1992 年发行规模的中签表，今年认购不完的，1993 年继续有效。

2．新股抽签表的认购对象，必须是年满 18 周岁以上，即 1974 年 12 月 31 日前出生的中华人民共和国公民。

3．定于 1992 年 8 月 9 日至 10 日两天，在全市各银行、保险公司及证券经营机构共 303 个网点（网点分布情况见附表），同时发售和收回新股认购抽签表，各证券商售表只限于 8 月 9 日一天。发售时间为每日上午 8 时至下午 18 时。

在 8 月 9 日至 10 日两天时间内把 500 万张新股认购抽签表售完为止，各发售点到 8 月 10 日下午 17 时停止售表，18 时停止收表，届时未售出或未交回的认购抽签表一律无效。

4．发售新股认购抽签表的各网点，需在门前显眼的位置公布本网点售表数量、序号区间以及本公告。

回收抽签表时，需在指定的位置加盖售表单位的公章或业务章，否则无效。购表者需检查所购买的新股认购抽签表是否加盖了公章或业务章。

5. 每张抽签表收费 100 元。售表收入扣除发售费用后，其余款项集中汇入政府指定的专户，这些资金全部安排投资于社会公益项目，并由有关部门和投资者代表组成的小组，审定具体项目并监督使用。

6. 购表人可携带中华人民共和国有效居民身份证到任何一家售表网点排队购表，每一身份证限购抽签表一张。

为减少排队人数，每一排队者最多可持有 10 张身份证买表。

7. 购表人按规定在新股认购抽签表上填写身份证号码、姓名等栏目后，需在指定的时间内将认购抽签表交回原发售网点，由原发售网点盖印章后退回下联，作为购表人中签后交款认股的凭证，上联由原发表点集中后送指定部门作数据处理。凡不在原售表网点交表的无效。

8. 同一身份证号码不得重复填写，凡经电脑查重系统查出身份证号码重复的，均作无效认购抽签表处理。

9. 新股认购表所填写的内容必须清晰、准确，不得涂改。上下联的身份证姓名、号码必须完全一致，身份证号码应是 15 位数，不得短位、断号，否则中签无效。

10. 所有新股认购抽签表，包括作无效处理的抽签表，其购表费一律不退还。

11. 新股认购表的右上端红字数码序号为抽签号码，每张表的有效中签为一次。

12. 每家公开发行股票的公司经审查批准后，即刊载招股说明书。该公司新股认购抽签表的号码区间、交款时间、交款地点由各证券商提前公布。

13. 中签后须携带身份证原件、股东代码卡、存折，凭中签表在指定时间内前往指定的单位，交款认购股票，过期未交款的一律无效。发现持有假身份证者，要送交公安机关处理。

14. 今年除发行股票外，还将发行可转换股票的债券。可转换股票债券也用这次发售的新股认购抽签表抽签，办法另行公布。

为此，新股认购抽签表下联，不论中签与否，一律由购买者保留，以便凭以参与将发行的可转换股票债券的抽签，并据以交款认购。

15. 居民购买新股认购抽签表时，需遵守现场纪律，服从有关公安、工商、监察及其他执勤人员指挥。

凡有操纵扰乱市场行为，或起哄闹事，破坏现场排队秩序的，即刻取消其购表资格。

16. 新股认购抽签表不得以任何形式流通或转让。否则，一经发现，将按工商行政管理

危机四伏

办法的有关规定予以处罚。

17. 按照深发（1990）36 号文件之规定，党政机关干部、证券管理及从业人员不得参与购买新股认购抽签表。

中国人民银行深圳经济特区分行

深圳市公安局

深圳市工商行政管理局

深圳市监察局

1992 年 8 月 7 日

仔细瞧瞧这份公告，不难发现事件的祸根已隐伏于其中了。最为关键、也是引爆这次事件的导火索是第一条与第三条，由于这两条的规定欠周、决策不当，使其他的许多条成为一纸空文，形同虚设。

如最后党政机关干部、证券管理及从业人员不得参与购买活动这一条，在暴利的引诱之下，纪律与道德构成的防线的抵挡力是非常有限的。

尽管有先见之明的深圳高层领导已于事前向各个发售点派出由多个部门组成的监察小组，但事实证明这仍然难以遏止不法行为的产生。

而限时、限量发行抽签表 500 万张，很容易造成紧张情况。

中签率高达 10%，这就无异于昭告天下：不需要太好的运气，你便大可抓住一次发财的机遇，前提当然是你必须得到抽签表！

根据每一排队者可最多凭10张身份证购买10张抽签表的规定，10%的中签率意味着只要不是特别晦气，一般情况下一个人可获中签一张，运气好的甚至可以获得更多的机会得以购买1000股，也许是更多的新股。

如以上市后每股10元计，这个价格在当时的深圳股市并不算高，是很普通的价格，抛出后可得一万元，而投入的成本不过1000元，一张抽签表100元，收益率高达10倍，可以说是稳赚不赔，几乎毫无风险。

当然，如果你不中签又另当别论，但是如果加大投资，尽量购买更多的抽签表，则明显可以将风险系数降低至趋于零。

每张抽签表100元的定价是如何出台的呢？据当时深交所主持全面工作的副总经理禹国刚后来回忆：

> 原来参照上海每张抽签表30元的定价，拟将深圳这次的抽签表定为50元。请示到市长郑良玉那里，郑良玉觉得偏低，于是一锤定音将其翻了一番，定为100元，亦好借此为城市建设与社会公益项目筹措一笔资金。

这时，几乎所有新股认购抽签表购买者都存在着一个统一的想法：这个机会是我的！

其实，他们当中也有人算过，在这排队的购表者至少有120万人。每人买10张的话，需要1200万张才能保证每个人都能买到，至少要有70万人是来陪着受罪的，还要白白搭上来往深圳的高价路费。

　　很显然，这次售表对于大多数人来讲，其实是根本就没有机会的。

市政府部署发售工作

1992 年，深圳市政府在新股认购表发售之前，做了大量的工作，他们组织了银行、证券公司、保险公司、公安、武警、工商、监察等诸多部门的庞大队伍，希望能够保证发售工作顺利进行。

1992 年 8 月 8 日《深圳法制报》刊登题为"市公安局为新股发行保驾"的新闻消息：

> 为保证明后两日新购表工作的顺利进行，市公安局组成领导小组，研究方案判定措施，抽调大批警力投入售表地点，各项防卫工作均已准备就绪。
>
> 市公安局指挥中心负责人张锦荣向记者介绍说：市局领导小组由治安、内保、交通、防暴等部门领导组成，叶洪章副局长任组长，各分局也成立相应领导小组。今天下午 18 时，3400 名公安干警和武警指战员将投入特区内的 303 个售表点，宝安县的 37 个售表点由县公安局部署保卫工作。
>
> 这次新股售表工作的特点是人多、表多、钱多、点多、面广。市局领导小组要求保卫工

危机四伏

作本着谁主管谁负责的原则，确保售表工作的平安、平稳、公平、安全，每个售表点保证有两辆机动车应急。

7 日，市局领导小组派出 10 个小组到各银行售表点征询意见，并将情况及时反馈市指挥中心。

8 日下午 18 时，在干警上岗的同时，市局将派出 5 辆宣传车上街宣传，并印刷 3000 余张通告张贴于各售表点。

在保证此项工作顺利进行的同时，市局和各分局积极组织巡逻队、联防队巡逻于大街小巷，确保社会秩序的安定。

这还只是诸多措施中的一部分，市政府在新股认购表方面所做的各项工作不可谓不缜密严谨。

身份证成为股民宠儿

1992 年 8 月 7 日，深圳市人民银行、工商管理局、公安局、监察局发布了 1992 年新股认购抽签表发售公告，宣布发行国内公众股 5 亿股，发售新股认购抽签表 500 万张，凭身份证认购，每一张身份证一张抽签表，每人一次最多买 10 张表。

然后将在适当时候，一次性抽出 50 万张有效中签表，中签率为 10%，每张中签表可认购本次上市公司发行的股票 1000 股。

深圳和上海一样，规定凡持有国内居民身份证的 18 岁以上居民均可领取新股认购申请表，这次深圳共发售 500 万张，每份表格收费 100 元。

8 月 5 日，深圳某邮局收到一个重达 17.5 公斤的包裹，里面竟然是 2800 张河南洛阳某乡乡民们的身份证，据说 5 月份，乡里就要求每户至少上交两张身份证，以便到深圳认购新股。

严格说起来，身份证是不能转借于他人，更不能买卖的。可在那个非常时期，执法人员也只能"睁一只眼闭一只眼"了。

有需求就有市场，身份证贩子也应运而生。那几天很多人街头上没少碰到拦住你问买不买身份证的倒爷。

危机四伏

而在街心花园的椅子上，摩天大厦的柱子旁和角落，甚至林荫道的树下，那些为了节省些住旅店费用的露宿者，用作枕头的旅行袋里也装满了身份证。

事实上早在两个月前，就有许多人得到了即将发行新股的消息，首先就在深圳之外进行了一场身份证收购大战。

买抽签表需要身份证，于是深圳街头遍地都是打电话的人，一个个都对着三江五湖拼命地喊："赶快寄身份证来！"

经常有的邮局收到的包裹竟是装有重达 17 公斤的身份证。大量的身份证涌入深圳，特快专递的蓝皮信封满天飞。

有的嫌电话联系不可靠，干脆自己搭火车坐汽车到全国各地的农村去租去借，甚至干脆就是买！有个能人从内地一次搞来了 7200 张身份证，还有一部分人瞄准了身份证"生意"的利润可观，便当上了身份证"收购专业户"。

到湖南、湖北、浙江等地农村，以每张 20 至 50 元的价格租借甚至购买，然后拿到深圳以 100 至 200 元的高价出售。据当时有关部门估计，大约有 320 万张居民身份证飞到了深圳。

而深圳市附近居民的身份证更是难以幸免，在危急时刻，有人灵机一动，想起了仙湖寺庙这个海外仙境，但是方丈告诉来人"我们的身份证早就被人借走了"，来人乘兴而来，败兴而归！

"这些和尚，没准自己拿了身份证去买股票了。"

8月10日这天，多数人都没有在意是否有和尚参与购买股票，但是香港媒体却独具慧眼。据他们报道：普陀山的和尚凡心未泯，派代表携款20万匆匆赶赴深圳购买股票。

还有人戏称这是"'独联体'下凡"。

暴风雨就要来临

种种迹象表明越来越多的人向小小的深圳涌来，一场治安危机就在眼前了。

但不知道为什么，深圳的管理层对 1991 年发行认购申请表造成的治安压力没有产生丝毫警觉，而且对 1992 年 4 月 1 日发生的一场事件也同样视若无睹。

那天下午 14 时，深圳招商银行证券营业厅，不足百平方米的空间挤满了股民，一位中年妇女被挤倒，脚跟离地身子倾斜，大呼救命。值班保安挤不进去，无奈之中，警察放了一颗催泪弹，在硝烟中才救出那位被挤得奄奄一息的妇女。

同年 8 月初，刚刚毕业的张涛忽然接到国信证券的一个电话。电话里说："你赶快来上班吧！人手不够了！"

此时深圳一共有 300 多家证券商、银行可以卖认购证。张涛去报到的国信证券是当时深圳最大的一个证券商。

张涛第二天便去了国信证券红岭中路营业部上班，在交割柜台做营业员。很快便见到了历史性的一幕：

8 月 7 日那天早上，天有点闷热。张涛去上班，没想到的事情发生了。

在离单位大楼还有 100 米左右，她就看到有队伍的长龙从她们楼里排出来。信托大厦前面的空地、绿化带、楼梯间、洗手间，凡是可以站人的地方全被股民给占了。他们排得前胸贴后背，学生、农民、打工仔、知识分子，男女老少，什么样的人都有。

张涛后来在维持秩序的警察的开道下，费了吃奶的力气才从那些挤得热气腾腾的人们中间穿过。经过的时候，她看到那些股民沿着营业部门口大厅的短短 10 多级的台阶，一层接一层地往上垒，叠罗汉式地叠了六层。

没有人知道他们怎么上去的，总之一个人头压着一个人头，每个人的脸上都流着汗。

8 月 7 日和 8 日，那些人整整排了两天两夜。此时营业部门对外营业时间是下午 14 时到 16 时，正常的交割、下单业务几乎全停了。因为排队的人把那些来办业务的人全挡在外边了。而在长长的队伍外边还聚集了一批小贩，卖饼、卖水、卖凉茶、卖豆浆、卖卫生纸，鸡蛋被炒到两块钱一个。

黄海雁也在排队大军中苦熬了一个晚上，据她后来说："人民北路的工商银行门口全是板凳，旁边的绿化带里全是垃圾还有粪便，味道很难闻。"

黄海雁是 8 日下午去排的，板凳的长龙已经绕过几个弯了。队伍里有很多学生，唱戏的、唱歌的、打牌的，干什么的都有。

到了傍晚的时候，忽然下起了倾盆大雨，黄海雁就立即撤退了，但她走的时候，还有很多人淋在雨里，不

危机四伏

肯挪地方。

在新股发售的当天，钱一麻袋一麻袋地扔进柜台，纸头会滴水，钱也在滴水，都是汗。

据当年采访过这个情形的《深圳特区报》记者金涌回忆：

> 当时深圳的常住人口 60 万，发新股时却涌进了 100 多万人。全国各地的人都在这几天涌进深圳，北京人、上海人、哈尔滨人、广州人……他们直接就在发售点前把行李一放便开始排队。

光有身份证还不行，还得有排队的人，因为每个人最多只能凭 10 张身份证去申购。

于是所有的闲杂人员、民工、无正当职业者都得到了一份排队的临时工作！

据说，当时有一对唐姓人士，以 50 元一天劳务费的代价，从乌鲁木齐一次性雇请 1500 名民工排队领取认购证。最后，他们的认购证很快被换成大量原始股，曾经轰动一时。

共和国故事·风波乍起

三、 风波上演

● 在这种情形之下，深圳市没办法，就发文件要求党员干部带头买，但示范作用并不明显，股票摊前仍然乏人问津。

● 队伍里的人摇摇晃晃地站稳脚跟，恢复了自信，可是喘息未定就发现有了新的麻烦。

● 人群并没有因此而断开或解散，仍旧是抱成一长串，仿佛眼前的打斗与他们无关，只是不时地会听到女人因惊吓而发出尖叫以及男人愤怒的"别打了"的大吼声。

百万人的大排队

人们并不是一开始便认识到股票是可以赚钱的。

"深圳证券交易所是 1990 年 12 月 1 日开始试营业，而在此之前，市面上已经有几只股票在发行了，但大多数的人并不知道这股票是什么玩意儿。"深交所总经办张绍岩对记者说。

1987 年，深圳发展银行成立了。随后的 1988 年，深圳街头出现了很多出售深发展股票的摊点，50 或 100 股一张券，每张券 1000 元或 2000 元。

在这个新鲜玩意儿露面之后，很多人都来看，还有从外地赶过来的，都想看看这中国发行的股票是什么东西。之后，又有万科等几家企业发行了股票。

虽然宣布"股票认购证"开始发行的海报贴了，所有银行、信用社、证券公司门前都在卖，但还是瞧热闹的多，买的人少，因为谁也搞不懂这股票到底能干到什么程度。

深圳人经历了很多次新体验，像取消粮票啊等等，唯独对炒股这件事慎之又慎！一方面是因为要投钱，另一方面是很多人对股票真的不了解。

1985 年跟丈夫到深圳蛇口做丝绸生意的叶宏后来回忆说：

当时人们对股票的态度，就是那种猎奇的心态，都要去看，但没人肯掏钱，因为有人传炒股会被当成投机倒把的，担心赚的钱会被没收。

深圳最早的一代股民徐宏海，后来当了某民营公司的老板。他当年买过一万块钱的"深发展"，那时是被别人笑话，他说："人家说我有病，辛辛苦苦地把搞运输赚的钱全赌了'六合彩'。"

在这种情形之下，深圳市没办法，就发文件要求党员干部带头买，可惜示范作用并不明显，股票摊前仍然无人问津。

深交所开创之初，可以说是在艰难中挣扎着的，身上的约束太多了，还带着一些计划色彩，所有股票都戴着一顶"最高涨幅"的帽子。虽然国信等证券公司相继成立，但股民数量在 1992 年之前也没有明显增多，股票市场一直比较低迷。

但很快的，人们的观念变了。很多对股市观望的人开始行动了：至少，他们认为炒股不是投机倒把。有敏感的人开始觉得这玩意儿能赚钱了。所以，陆陆续续地，来深交所看电子屏的人也多了一些。之后，也慢慢有一些炒股赚钱的故事在民间流传。

"但可能就是 1991 年第一次发了认购证之后，买到原始股的人尝到了甜头。特别是经过 1992 年 5 月大'牛市'之后，很多人看到那些吃头口水的股民赚钱了，所以大家便都要去抢。在他们眼里，'认购证'就等于是钞票，买原始股就是赚钱的捷径。所以第二次发售才会如此疯狂。"深交所另一位工作人员说。

那个夏天，除了深圳，上海也在上演同样的股市热潮。那一年，在股票市场上选择勇往直前的大约有几百万人，他们把上海和深圳这两座城市搅得天翻地覆。

上海炒股传奇"杨百万"的故事，借助于报纸、电视和普通人的嘴，广为传播。

但那时候人们说起这些人，多少还觉得他们有些铤而走险，因为很多人还吃不准炒股赚钱是不是合法的，这毕竟与以前的劳动赚钱太不同了。

然而如今，人们谈论富人时，眼睛里全都闪烁着羡慕的光芒，一点也不掩饰自己内心的欲望。

从当年对"深发展"的不理不睬，到认为买股票赚钱是合法的捷径，再到如今频频挂在嘴边的"全民理财"，中国人对投资理财的观念早已换头换面了。

回顾往事，不能不说，正是股市的出现催动了财富观念的革命。

1992 年，中国资本市场刚刚起步，新股发行还处于摸索阶段。在沪深两地，出现了一种新事物，即"新股认购抽签表"，股民通过购买抽签表，可以获得申购新股的权利。在当时，一级市场申购到的新股，在二级市场就意味着财富的成倍增值。

于是，在 1992 年 8 月份的深圳，就出现了百万股民争购认购抽签表的事。

　　1992 年，股市出现了前所未有的上涨：5 月 21 日，上交所放开了仅有的 15 只上市股票的价格限制，引发股市暴涨。由于没有涨停板限制，沪市一日涨了 105%。随后，股指连飙两日，25 日，行情触顶，报 1429 点。越来越多的人开始相信：中国股市真的能令人一夜暴富。

　　而深圳在 8 月初，就开始了第二次新股认购抽签表发售的宣传。

　　1992 年 8 月 7 日，人民银行深圳分行行长就抽签表发售接受《深圳特区报》的采访称，当年深圳计划发行 A 股 5 亿股，预备发售 500 万张认购抽签表，中签比例 10%。1991 年深圳的新股认购抽签表首次发售，价格仅为一元一张。

　　而此时，抽签表价格已经涨到 100 块一张，8 月 8 日、9 日两日在全市 300 多个网点发售。每个身份证限购一张抽签表，每人限持 10 张，每张中签表可认购 1000 股。

　　甘爱军和林兵就是当时认购大军中的两个普通人。

　　"2007 年，到处都是谈论股票的人，这对我来说一点也不稀奇，10 多年前，我就已经是疯狂的股民了。'8·10 风波'的时候，我在深圳通宵排过队，购买新股认购抽签表。"回忆起 1992 年 8 月在深圳经历的两个难忘的晚上，40 多岁的甘爱军几乎还记得每一个细节。

1992 年 8 月 8 日 21 时多，甘爱军怀揣着四处借来的身份证，跟着另外一个司机朋友老高，开车到了深圳福田，开始了跟股市的第一次接触。

当年，甘爱军在广州文冲船厂工作，还是一个 30 岁不到的司机，1991 年他就听说深圳、上海可以买股票。

一位脑子灵光的同事停薪留职跑到深圳，光炒股票一两个月就赚了几万元，换来大家的羡慕。"工作四五年，我省吃俭用，当时存折上也不到两万块钱，这点钱不够做生意，拉私活收入也有限，那时候广州人都兴'炒更'（粤语兼职的别称），我想，对我来说，炒股就是最好的'炒更'了。"

9 日开始发售，甘爱军打算 8 日晚上就到网点排队，心想这样就万无一失了。没想到到了销售点，发现现场已经人山人海。销售点排起的长队已像长蛇一样转过了几个弯。

甘爱军打听了一下，从 7 日晚上开始，各个销售点就出现了排队的市民，这些人都有所准备，吃的喝的带得不少。

"深圳到了 8 月，气温也有 27 度左右，人挤人的空地上，热气腾腾的味道实在很难受。"甘爱军后来回忆说。

到了 8 日中午，刚刚中专毕业到深圳一家电子厂工作的林兵也背着一个书包，开始到关外的一个销售点排队。

他是潮汕人，尽管积蓄不多，仍然憧憬着能够早日赚到人生的第一桶金，像那些成功者一样，最后拥有属于自己的生意。

他手中的积蓄还不够申购1000股新股，但"每人限购10张，中签率10%"的规则让他眼前一亮。算起来，中签几乎是十拿九稳的，无论如何，先中签了再说。

收集身份证也没有难倒他，当时，林兵有好几位亲属在深圳的农贸市场当小贩，通过他们，他很快借到了10张身份证。

"他们谁也不知道我为什么要借身份证，我当时想，这就是读过书和没读过书的差别吧。我这也是凭知识赚钱。"林兵后来说。

估摸着市区内能人多，知道申购新股发财奥秘的人也多，所以，林兵选择在关外排队，他觉得这样或许能够更快地买到抽签表。

尽管排队的人比自己预想的多，但是从小和父母排队买粮、买肉的经历告诉他，越紧俏的东西，排队的人越多，而获得的过程也越为艰难。

林兵说，当时他认为，炎热和疲惫排队，都是获得财富的必经之途。

甘爱军的朋友老高脑子很精，看着几乎见不到尾巴的队伍，他决定买位子。最后两个人各花了50块，跟民工买到了两个好一些的位子。没想到过了没多久，开出100块价位都买不到了。

安顿下来，甘爱军就跟前后左右聊开了。他仔细一听，排队的什么人都有，旁边的那位来自关外的一家工厂，老板收集了厂里所有工人的身份证，派了20多个人过来排队，每个人按50块每天给他们发工资，还发了误餐补贴。

当时，为了买到申购表，这些第一代股民可谓招数百出。不仅当地的股民行动了，外地股民也大量涌入深圳。

甘爱军说，当时排队的人一个贴着一个，主要的目的是为了防止别人插队。

"我们只能搂住前面那位排队者的腰或是扶着肩膀，而后面一位也重复着同样的动作。幸好老高站在我前面，熟人，搂起来不尴尬，后面那位也是搂着我的腰，还好后面那一位也是男的。当时排队的也有女人，同样紧紧搂着前面一位的腰，没有办法，大家都奔着一个目标去，炒股，赚钱呗。"

即便如此，也出现了有人排了一天一夜，却在快排到时被挤出队伍的事发生。

"但什么也不能阻止我们排队。你想想，花上一天一夜，10%的中签率，能中上一签，以那时候股市的火爆程度，买新股投进去的钱能够翻番吧。一天一夜风餐露宿后财富翻倍，诱惑力能不大吗?"甘爱军说。

排队的80%以上都是年轻人，尽管天气很热，甚至中间下过瓢泼大雨，无论多疲倦，提到新股大家还是兴致勃勃，打退堂鼓的极少。

那两天，深圳白天气温在35度左右，晚上23时空气中仍有热风，而早上7时多的太阳照到脸上，就有明显的灼痛感。

林兵自己带来的水早就喝光了，幸好有小贩中间叫卖矿泉水，小林买了最大包装的一瓶。

"最难受的是没处上厕所，喝水也是小口小口喝，天气热，流汗没多久蒸发了，这样就不会肚子胀着难受。"林兵回忆说。

当时他看到排在前面的一位仁兄，身上的黑色T恤上面结了厚厚的一层盐花，而头发因为流汗，已经板结成一缕一缕的。

周围弥漫着一阵阵的馊味，他分不清楚到底这股味儿是自己身上的，还是来自别人。

队伍越拉越长，每个人的空间越缩越小，但还是有一些小贩见缝插针地在队伍里卖着矿泉水、食品、祛风油……他们也在顺便传播着小道消息。这也给大家带来了乐子。

一会儿说市政府发现股民踊跃排队，决定扩大新股发行量，中签者每人能够申购1500股；又说各销售点将在早上6时提早销售抽签表。

消息在队伍中流传着，一次一次振奋着排队者的心情，却又一次次被证实是假消息。

政府预感要出事，于是提前派出警察，接着军队也

风波上演

出动了。

8月8日12时，军警迈着整齐的步伐，一路小跑开进来，手里拿着警棍，组成一道人墙，把冲击者赶到外面去。

队伍里的人摇摇晃晃地站稳脚跟，恢复了自信，可是喘息未定就发现有了新的麻烦：他们的后援团都被赶走了，白天不能送饭，晚上不能送衣，烈日下不能送水，暴雨中不能撑伞，只把一大堆身份证留下来让他们背着。

然而还有更加令人难忍的事情：谁要是离开队伍去一趟厕所，就再也别想回来！

一个男人说了一句"管天管地，还管我拉屎放屁"，就去了厕所。

警察的确管不着他"拉屎放屁"，却拒绝他再回到队伍中。因为去了一趟厕所就丢掉位置的人肯定不止这一个，所以大多数人终于坚持到晚上，借助夜幕的掩护，再加上睁一只眼闭一只眼，人们就在饭盒和报纸里拉屎，在矿泉水瓶里撒尿。有的人找不到这些东西，就往地上一蹲。

然后，天亮了，太阳出来了，温度无情地升高，受尽折磨的人群平添了新的折磨。一个在现场感受到这种折磨的记者说："整个深圳的味道都变了。"

然而人们还在不断拥过来，到了这天太阳落下去的时候，小城的街道上，已经站着100万人。

发财梦被无情粉碎

终于等到了 8 月 9 日。

从 1992 年 8 月 9 日的第一束霞光投进了深圳当时的标志建筑，国贸大厦和晶都大厦的玻璃幕墙上那一刻起，城市就提早骚动了。

这骚动不仅包含在空气里，更是流动在朝阳映照下闪烁着五光十色的浪花的人海之中。强忍着心潮的震荡，苏醒的人龙不安分起来。

从晶都大厦最高层的窗户望下去，原先如蚁群一般蠕动的人群变成焦躁难耐地摆来摆去的蛇阵。外围队伍渐次受到迟来者恶意的冲击，但是先到者亦表现出万众一心、坚如磐石的团结。

此时，大多数人已经坚持了 48 小时，早已精疲力竭。曙光又一次出来了，泼在身上，那么毒辣，让人头晕目眩，可是人们全都打起精神，揉揉眼睛，眺望一个方向。

一辆辆运钞车开了过来，车上装着"认购表"，还有手持长枪、头戴钢盔的武装警察守卫。照往常的情景，这会让人们安静下来，但是今天不行了。出售表格的窗口打开那个瞬间，前边人声鼎沸，后面蜂拥向前，万众一心，人群一浪高过一浪。那些小窗口，就像滔滔海浪中的一叶小舟，风雨飘摇。

一个记者赶到红岭路去采访，看到一个女人大喊大叫冲进去，"就像疯了一样，随即被更加疯狂的人群淹没了"。无数只疯狂的脚踩着这女人的身体向前冲，还好，还有没疯的人。几个警察冲进去，把她从人们的脚下拉出来。

记者正在替这女人庆幸，一抬头，看见"那些买到了表的人正在冲出来，一位男子一头跌在树荫下，呕吐不止"，显然是一天没吃没喝，所以只是哇哇干呕，什么也吐不出来，通红的脸憋得惨白。

还有一个小伙子从人群中冲了出来，又叫又笑，仰天灌下3瓶水，然后颓然靠在路边果皮箱上，手上拿着一小叠表，呆呆地看着继续向前的人群，良久不动，就像傻了一样。

一位妇女在快要轮到她买表时，一摸口袋，钱和身份证已经不知道在什么时候不翼而飞了，她的口袋上无缘无故地开了一个大洞，她忍不住号啕大哭起来，售表员见此情景不耐烦地说："股票不相信眼泪，下一个！"一会儿工夫，那位妇女就被人挤出了队伍！

一个中年人举着表，喘息着在人群中挪动，因为体力难支，手中的表被人抢去，他只能叫喊，但却无力去追赶，眼看拼着性命买到的机会被人抢走了，他在盛怒之下，头一晕，昏了过去。

25岁的荣某，正当血气方刚之时，刚刚大学毕业的他被分配到某个中等城市，准备下半年结婚，但是手中只有2000多元钱，当他听到深圳新股认购抽签表的消息之后，毅然拿着这些钱来深圳购买，未婚妻的劝告，被他斥之为"头发长，见识短"，但是到了8月8日下午，他就因为体力不支晕倒了，醒来后发现口袋里的1000元钱也被"三只手"拿走了，此时，他感到欲哭无泪，由于无颜面对未婚妻，只能借酒浇愁。

"人人都忘了什么是人格、道德和自尊了，"这个记者形容当时的情形，"这一天的深圳，除了表格，好像什么都不存在了。"

一个名叫王文军的年轻女人，是航天部驻在这里的一个职员，她和10个同事一起从人群中逃出，回到办公室里，身心俱疲。

三天前，这些人每人一条绳子，把五六十个身份证和一大捆纸币绑在身上，拼着性命挤到如今，大家来不及倾吐满腔苦水，就开始清点战果。

王文军没有料到，十几个姐妹只有她一人买到10张表，其余都是空手而归。大家解开胸襟，从贴着前胸的地方拿出身份证和钱，全都渗透汗水，就像是从水里捞出来的一样，一张一张揭开，擦干，面面相觑，突然大哭了起来。

一位广东某县的妇女带着几年致富的积蓄只身到深圳，一下火车便直奔某证券公司门口加入了排队行列，最后耐得辛苦却耐不住几经窒息的拥挤踩踏，大呼大叫

着喊道："我不赚钱也不再活受这份罪！"就远远躲开了
她相守了一天一夜的那个高台阶。

她流着泪说："要不是家里还有孩子，我还会跟那些
强壮的男人们拼一拼！"

她凌乱的头发，满脸满身的汗渍和污迹。她家里嗷
嗷待哺的孩子让她想到了生存的意义。

8月9日上午，场面已经显出多少有些失控，干警、
武警声嘶力竭的劝告、威吓和警告，也开始逐渐失去权
威与作用，不得不挥舞起警棍对付特别顽固不驯者，有
的还使用了武装带。排队者需全体蹲下，否则警棍不
认人。

因为承载了太多的希望和梦想而显得分外沉重的时
针慢慢挪到了8时，申购大战正式拉开帷幕。

汹涌的人浪冲向申购点的铁闸，但又被全力维持秩
序、绝不允许人群越雷池半步的干警、武警奋力压回。

一个香港人看到这场面，先是笑："有这么高的投资
热情啊！"

记者们把照相机镜头从人群移到警察身上。

"不动手这场面怎么收拾呀，老天！"一个警察赶紧
解释，"我嗓子都喊哑了，衣服湿透了，没有用啊？人那
么多那么疯狂，简直像一群野牛。"

闹市中心地区的那些豪华商店的老板们，现在全都
抱怨那些外地来的男女："这些混蛋，以为深圳遍地是黄
金啦。"

这些从四面八方汇集过来的人们，"就是挤，看谁能够先挤到柜台那里"。张涛说，她当时坐在柜台里面，看到人群就像潮水一样压过来。

张涛清楚地记得当时的情形，她回忆说：

> 抽到签的来递认购证，我一接过，居然纸头会滴水，钱也在滴水。结算时，钱是一麻袋一麻袋地扔进柜台。空调开得最大，还是很闷，递进来的钱全都湿透了，点钞机失灵了。她们不得不把纸币一张张摊在桌上，用卫生纸擦干。

因为规定每个人一次最多买10张，就有人不停地循环排队。

"有一个人排了6次，第六次来的时候，我跟他打招呼，他不好意思了，摆摆手，再接着回去排。"张涛说，"我们在里面发认购证，黄牛就在外边卖，我们卖100块，他们转手就卖1000块，但照样被团团围住。"

但这样的疯狂只持续了短短一个小时，因为营业部的认购证很快就卖完了。

"我们里面秩序还蛮好的，一直都排队的。但听说外边已经乱作一团，红岭路上买不到的人在拼命地往里面冲。这时，我们听说，市政府紧急下令加印认购证了，便让人拿着大喇叭出去喊。"

张涛的叙述印证着一段历史的记载：1992年8月9

日，深圳新股认购证正式发售。当天，500 万张认购证一抢而空。

香港电视台播放的现场实况录像中有两个场面：一是警棍无情地一次又一次挥向那些对高频扩音器的警示充耳不闻，企图夹塞、爬头，冲出一条血路以更接近发售点大门的扰乱秩序者，但他们前赴后继，大有视死如归的气概，即使挂彩、流血也在所不惜。

但与他们的勇气和顽强形成鲜明对照的是：他们绝对屈从于警棍的威力，绝对骂不还口，打不还手。因为他们知道：必须服从，也只有服从，否则，他们将被清除出场，痛失良机。

另一个暴力场面是排队者之间因为争夺位置发生的斗殴，这其中还包括群殴，不仅仅是拳头，还有不知从哪里找来的棍棒、石块和垃圾筒，也都用来当作武器而大打出手。势弱的一方且战且退，最后望风而逃，这中间自然也少不了有流血镜头。

在斗殴的过程中，原来密不透风的人群居然挤出了一块空地。

但是人群并没有因此而断开或解散，仍旧是抱成一长单串，仿佛眼前的打斗与他们无关，只是不时地会听到女人因惊吓而发出尖叫以及男人愤怒的"别打了"的大吼声。

类似的场面相信在那天绝不是个别的，从中我们看到了人性极其丑恶和贪婪的一面，目睹了赤裸裸的欲念如何扭曲与曝光，重温了马克思那段关于资本追逐利润不畏上绞刑架的名言，并直击了它的当代版。

在 8 月 9 日上午轮候购买抽签表的整个过程中，幸好没有出现大的骚乱，也没有出现重大伤亡。只有一个老太太因高血压和过分紧张、劳累，倒在地上，经抢救后也安然无恙。

申购在一种类似狂欢节般令人兴奋和激动甚至失态的气氛中进行着。

排在最前列的幸运儿有条不紊地被分批放行，然后连跑带跳地抢进发售点的"发财之门"，急不可耐地向柜台内递进一捆一捆的钞票。

其中混杂着一股已分不清是雨水还是汗水所散发出的令人难忘的酸臭味。

领取到抽签表的笑逐颜开，充满油汁的脸上，每一个毛孔都洋溢着满足和幸福。

他们一个个都仿佛抢到了一个大金娃娃，在千万双羡慕的眼睛注视下匆匆离去……

希望像一张由无数的金丝银线织成的大网不断地延伸着，绝大部分的排队者都深信：只要他们耐心地等候下去，希望迟早会降临在他们身上。不是要卖两天吗？不是有 500 万张之多吗？

他们几天几夜的排队，他们所付出的长途跋涉的劳累、缺觉失眠的煎熬、曝晒雨淋的苦楚，还有忍受饥渴、推搡挤压……但是，他们坚信，这一切全都会得到回报。

正是这种执着的信念，使他们当中的不少人虽然注意到了所出现的种种异常现象：如一些像有特殊身份的人可以不经排队堂而皇之地走进发售点，执法人员不但不加拦阻，反而有当官模样的同他们打招呼，以及发售点的旁门、侧门不断有小轿车、摩托车来来往往等等。但是他们全都忍了。

当然，他们也会愤愤不平，会骂娘骂街。

他们没有想到，这一次的后门，开得大到大海里去了。更确切一点来说，这是一次不折不扣的侵吞！

还不到两个小时，就有消息悄悄从某发售点率先传出，开始的时候像一圈圈电波，很快便变为一阵阵霹雳，抽签表已全部售罄！

这么快？怎么会？怎么可能？

巨大的失望和打击使人们全惊呆了，刹那间脑子一片空白，竟不知如何反应……

有的网点到 9 时就宣布，所有的抽签表已经全部售完。

甘爱军后来回忆说：

> 我和老高排了一个晚上，也没有买到。我早就数过了，我们大约排在 200 多位，当时买到票的估计还不到 100 人。仔细算一下，500 万张抽签表，按每人购 10 张算，300 个销售点平摊下来应该每个销售点有 1600 多人可以买到，

何况我们排队的地方在福田，还算较大的网点，抽签表投放量应该更大些。但是只有不到100人买到，这里面肯定有问题。

排了一夜的队，还没有买到，大家都很郁闷，现场还有一些"黄牛"号称可以以一张300元的价格出售抽签表，不管真实与否，这让排队的人更加愤怒了。

当时就有排队的群众大声喧哗，声称要到市政府静坐示威。

买不到抽签表，甘爱军下午就驱车离开了深圳，和他一同排队的老高说要去看一个亲戚，就留在了深圳。

经过深圳南路的时候，甘爱军看到当时市政府门前已经聚集了一群静坐的人了。

而在关外排队的林兵也没有那么幸运。队伍慢慢地蠕动了一个多小时后，林兵看着前几位排队者失望地离开了窗口。

工作人员告诉他们，抽签表已经销售完毕。

"我当时第一反应就是其中有诈！每分钟卖一个人，也不可能一个多钟头就卖完了吧?"林兵说。

做了一个晚上的发财梦像气球一样被戳破了，当时有很强烈的受骗的感觉。尽管队伍里骂声连连，但疲惫的林兵还是决定乖乖地回到了宿舍。

舞弊行为引起公愤

一直和张鸿义、梁达均坐镇公安局指挥中心的郑良玉，是在 1992 年 8 月 9 日上午 11 时左右首次接到从营业点反馈回来的信息的。

之后连续不断地有抽签表售完的消息从其他营业点报回，至 13 时全部发售完毕。

郑良玉悬着的一颗心放了下来，谢天谢地，总算没出什么大事。

有同事向他祝贺："你指挥百万大军，没有伤亡，是个奇迹。"

郑良玉自觉啼笑皆非。多年之后他这样评述：

> 这是我一生中所经历的最壮观，也是最糟糕的一幕。

郑良玉没有陶醉于祝贺是对的，他已经觉得不对劲了。郑良玉后来回忆说：

> 怎么会这么快就卖完了呢，500 万张呀，上次发行到下午才卖到 300 多万张。后来收到一系列举报，说哪里哪里开了后门。一举报，我

就请监察、公安去查，调查虽还没有结果，但我预感到群众反映的舞弊行为是有的。这给我们这次发行工作安下了颗"定时炸弹"。

郑良玉的预感很快就应验了，时间是"8月10日"的晚上。但在"定时炸弹"爆炸之前，深圳市面给人的感觉好像还风平浪静。

在8月9日上午各营业点宣布表已售完之后，沮丧的人群除三三五五还聚在一起骂骂咧咧外，大部分都作鸟兽散，身后留下了一个由饭盒、方便面碗、矿泉水及各种饮料瓶、塑料布和大量废纸混杂成堆的大垃圾场。

8月9日下午仍平安无事，大概疲劳至极的人们需要休息。

8月10日一早，曾经消失的排队人龙又出现在各个营业点，只不过这一次是交填好的抽签表。和8月9日的长龙比起来，这一次人数少得多，也松散、从容得多了。交表者都是一派气定神闲的悠闲者姿态。

这天上午，深圳市某报首先宣布了抽签表已经售完的消息，但其言辞引起那些没有买到抽签表的排队者的强烈不满。报道这样说：

> 我市1992年新股认购抽签表发行从昨天上午在全市303个售点开始发售，本着"公正、安全、高效"的原则，经过各银行、证券公司、

保险公司等工作人员的努力，到昨天下午已经全部发售完毕。

本次新股发行，发售国内公共股 5 亿股，面值 5 亿元。发售 500 万张认购抽签表，中签率约为 10%，比 1991 年新股发行净增了 3 亿股。

此次新股认购抽签表发行量大，购表人数众多，据估计已达 120 万，大部分售点秩序井然，没有发生重伤和死亡事故，有些地方秩序曾一度混乱，但经过公安干警的努力，秩序逐渐稳定。

由于本次新股发行只有 5 亿股，抽签表 500 万张仍供不应求，还有多数股民没有买到抽签表，但此次抽签表发售较好地体现了"公正、安全、高效"的原则。

最让股民来气的就是这家报纸一再宣称，这次抽签表发售体现了"公正、安全、高效"的原则。这使得人们几天来积压的不满情绪进一步升温，人们开始寻找发泄对象了。

"快看报，快看报！有新股抽签表发行的消息。"几天来生意不错的报贩又开始卖报了。

新股认购抽签表发售前，《深圳商报》《深圳特区报》等报纸被炒卖到一元、两元不等，在人们排队等候发售的几十个小时里，报纸被派上多种用途，有的用作坐垫、床铺，烈日当头的时候，又被用来制作"防汗服"。

而在如今，报贩们的生意却是"悲喜交加"，人们先是一拥而上纷纷购买报纸，可当看到报纸无情的"我市新股认购抽签表一天发售完毕"及"较好地体现了'公正、安全、高效'的原则"的报道时，人们的怒火一起烧向了报纸，有人将报纸攥成一团，狠狠地向报贩身上砸去，这种举动立时招来了几十人、几百人的响应，无数的纸团砸向报贩，无辜的报贩叫苦不迭，纷纷逃跑。

与此同时，经过一夜休息恢复了精力的人，肚子里积聚的愤怒和怨气经过发酵也开始以各种方式发泄。市长专线、广播电台热线充斥着一片抨击之声，而且根本打不进去。人们纷纷举报和责问，强烈要求市委、市政府严肃处理，并出面解释。

各营业点发售抽签表少则上万，多则过 10 万，处理一个申购者起码两三分钟，两三个小时如何卖得完？肯定是从内部流走了！

不满的情绪像传染病一样迅速蔓延开来，满城皆闻骂声。

但这没有影响到抽签表的黑市价格以火箭般的速度一路飙升：早上的时候还是两三百元一份，中午就成了五六百元一份，到下午已涨至七八百元一份，甚至有叫价 1000 元一份的了。

抽签表的黑市价格仿佛成为测试人们不满程度的温

度计：价格越高，意味着买不到的人损失越大，人们的不满就越厉害，满肚子的怒气就越想发泄。

尤其令股民感到不能理解的是，有的销售点明明已经宣布售完了，可是还是有一些身穿制服的人还骑着摩托车来取走大把大把的认购表。

这时在现场采访的记者成了股民倾诉衷肠的对象，有的说："没料到今天购表的人如此之多，如此地疯狂，深圳股民判断失误，政府估计不足，难免会发生混乱。"

另一股民说："正因为深圳效益好，股市红火，利润高，几十万内地人知道炒股挣钱才来这里的，如果深圳经济一片萧条，即使一元钱一张抽签表，也不会有这么多人来抢的。"

还有人说："政府失误难免，咱能理解，也应该原谅，抢购和混乱都不可怕，可怕的是一些腐败现象毁坏了政府的声誉和形象，甚至会阻碍深圳的改革开放事业。"

众多的排队者眼睁睁地看着穿某种职业制服的人手里拿着大叠的表却敢怒而不敢言。

这是一个平静中孕育着不满与发泄的一个白天。滞留深圳的外地人用共同的失落情绪迅速取代了素昧平生的陌生感，相互倾诉这个曾是梦幻般的城市几天来带给他们的苦涩感受，一个来自中原某省千里迢迢不惜劳顿的中年男人说："我实在没有想到特区会是这个样子，在内地走后门的现象见得不少，也没有像这里的后门竟然比前门还要大，我真的有一种被欺骗的感觉。"

有人调查，许多特区本地人在浴血奋战中终于败下阵来，把深思熟虑良久的机会拱手让给了外地人。

一位深圳股民说："我本来已经计划好将能到手的1000股股票怎么分配，照自己的想法，经过几次炒卖，半年之后就可以赚3万元，但这种情景的抗争我实在没有力量，外地股民炒股技巧或许没有深圳人高，但发财的冲动和热情却比深圳人高得多，也许是内地还比较封闭的原因。"

也许就是这样的道理：越原始，求生的欲望就越强烈。

怎么会一夜之间冒出了这么多的徇私舞弊者呢？深圳"内地化"的论调曾使人们一度怀疑特区之"特"，如今，难道又要让舞弊的阴影笼罩特区的股市吗？每一个深圳人都不能故作若无其事了。

8月10日这一天的办公室里、车间、公共汽车及其他公共场所，街头巷尾，惊魂未定的深圳人三五成群面对乌云般的异乡人在交换着亲眼看到或听到的各种舞弊事实，也在交换着相同或不同的愤懑。

更令人难以理喻的是不少舞弊行为中的受益者：一些银行职员、武警、保安或公安人员及其亲属等，不知是真的良心发现还是掩饰内心的暗自得意，也加入了对众多舞弊行为的声讨之中。

在这一天里，任何一个深圳人的脸色都是严肃冰冷的。更加不幸的是，广东和深圳的千百万未身临其境的人们从香港电视台上目睹了在发售现场维持秩序的工作人员，怎样用提包拎走认购表的重复镜头和慢镜头……

从情绪难以抑制的粗鲁责骂到做理智冷静状地拔升理论高度的分析评判，深圳有史以来第一次出现了如此大规模指责社会性舞弊行为的怨怼大碰撞。

这一天，几百个电话打向市长专线，客居深圳的股民和深圳市民愤怒投诉着抽签表发售中明目张胆的舞弊行为，向市长提出了一个又一个尖锐的问题，而更多的人只是死命地按着电话机上的重拨键——243999，成了永远的忙音，这一天几乎是它开机以来最繁忙的一天。

接连不断的电话打向刚刚发表那条未署名消息的某某报和某某台。

人们纷纷指责："我们那么信任的某某报为什么要说假话？我们对记者所讲的难道让你们怀疑吗？你们都亲自来看一看，听一听吧！"

"某某台为什么说秩序井然？你们是没见到满深圳的垃圾，还是没有见到被踩伤抬进医院的人？"

8月10日16时，深圳某企业厂长办公室，电话铃骤然响了。

"喂，是某某厂吗？我们是深圳的一些普通市民，我们计划在今天晚上组织市民去市政府请愿，要当局还我们一个公正，希望你们能给予支持和配合。"

"目前我们的生产任务很紧迫，恐怕不能与你们合作一齐去请愿。"

厂长沉思良久之后，做出上面的回答。

8月10日17时，人民银行市分行发布通告，宣布原定10日18时的截止收表时间，推迟到11日11时。

这一通告犹如一颗火种，一下子就点燃了群众的怒火。

股民们推测银行推迟截止时间，是为了给那些舞弊者、走后门拿有大量认购表的人创造方便，使他们有充足的时间高价卖出从后门弄来的认购表。

于是，表示愤懑、揭露舞弊行为的小字报陆续上墙，投诉、上访者蜂拥而至。

市长专线接到群众投诉400多个，市公安局接到投诉93个，有5批群众上访。

到傍晚大约18时左右，由不满堆积而成的愤怒逼近到临界点，郑良玉所预感的"定时炸弹"终于引爆了！

事件风起云涌般地上演了！

示威事件突然发生

"八一〇"游行示威始于何时何处有多种说法，有人说是始于振兴路某营业点，有人驾着小汽车来交大量的抽签表时，言语傲慢、举止不恭，与围观者发生冲突，引起公愤被追打，所驾驶的汽车亦被掀翻放火焚烧，并殃及附近的另一辆车也一起着了火，事件由此发生了。

又有人说是始于发展银行证券部门前一批股民的集会，义愤填膺的股民声讨购表期间种种不法行径，越说越气，最后按捺不住，结队往市政府游行请愿。

关键的是酝酿了那么浓的一点就爆的激昂亢奋的情绪，而且这情绪已遍布城内各处，只要一遇突破口就会炸起锅来。

关于事件的起因有多个版本并不是偶然的，它恰巧证明了事态的发展已到了随时随处可以发生的失控阶段。换言之，就是激发"八一〇"事件的条件已经完全孕育成熟了！

在种种关于起事的版本中，以下一种流传较广，似乎也较为可信和具有说服力：在火车站内一批来深圳掘金受挫的人们，他们聚集在候车大厅，愤愤地准备回乡，共同的心境使他们走到了一起。

他们不远千里而来，最为劳碌辛苦，投入最大，失望也最大，气也最不顺。

候车给他们提供了一个集中发泄的机会，很容易互相感染而产生共鸣，在冲动之下，只要有人振臂一呼，火头上的群众又何止百应？于是群情汹涌，立即自制了简易的标语横幅，草书"反对贪污，要求公正"。

这些人五个一团十个一伙地组成了一支游行队伍，约数百人，沿火车站前的建设路向西转入深南中路，前往市政府。

他们沿途高呼"坚决反对贪污""严惩腐败""公平处理""重新申购""重新发抽签表"等口号，并一路招呼行人加入。

游行队伍所过之处，频频获得旁观者及公共汽车上乘客支持的掌声。

到晚上 18 时一刻，当游行队伍走到深南中路与红岭路交界处，深圳大剧院对面的中国工商银行深圳分行门前时，人数已达数千之众。

当时，有一位军官目睹了股民们游行的一个场面，据他后来回忆：

> 8 月 10 日的晚上，一个朋友在深圳这个著名景观"邓小平画像"对面的水晶宫大酒店请我吃饭。晚上 19 时多从住宿的三九大酒店出来，感觉街上的气氛不太正常，出租车也很难打到。好不容易坐上了出租车，顺着深南大道

行进的过程中突然就不能前进了，无奈，只好下车步行。

那时，我听到震天的口号声，在人流里再往前走，一个场面让我惊呆了：举着很多条白色横幅的人们以潮水一样的状态朝我们涌来，所有的机动车都在避让，所有的行人都在伸着脖子观看，脸上都是兴奋的样子。

生在困难时期，但是，我成长在动乱时期，可以说，从小就见多了各种规模的游行场面。

然而不同的是，我在文革时参与和见过的游行基本都有组织，也基本是应付差事的行走和喊叫，而我眼前的场面，完全是自发的状态，是真情的涌动。

因为是出差在外的军人，因为出发前部队首长专门对我进行过相关的教育，更因为没有主动汇入这场风波的诱因，购买股票认购券的具体操作，再加之当时还对这个事情不明就里，我和战友老傅观看了一阵子就赶紧赶路，去赴饭局了。

我们仅仅只看到了游行的浩大队伍。就在我们在酒店的包厢里推杯换盏的时候，更恶劣的事情发生了，但我们不知道。

当队伍继续向数百米外的市政府进发时，曾有闻风而至的公安人员试图拦截，但因人数对比悬殊，势单力孤，拦截被一冲而散。

在途经深圳特区报社时，曾有数十名示威者手持标语冲进报社门厅，抗议报纸没有如实反映申购情况，不讲真话。

到游行队伍云集市政府大门高呼口号时，人数已超过万人。之后游行队伍又再次往火车站，然后原路返回市政府门前。这时时间已到了 20 时左右。

不法分子的犯罪活动

由于这次游行示威既没有真正的组织者，又没有领导者，游行队伍不断发生混乱，中途常有事故发生，也有人想要浑水摸鱼，趁机作乱。

在上步行街时，有几人冲进一家食品店，进门就冲着售货员小姐喊："要买些东西吃。"

售货员刚一犹豫，几个人七嘴八舌叫嚷："我们为了深圳股民的利益游行，你们应该义务支援我们，还想让我们花钱买东西吗？"

边说边越过柜台自己动手乱拿食品架上的各种食品，然后，一哄而散，夺门而出，只留下身后的一片狼藉。

这家食品店损失了近千元，那些自选商品店、食品店以其为戒，纷纷关门上锁。

在红岭路，10多个人冲向路旁的一家首饰店，幸亏服务员手疾眼快，落下保险门，才免遭一劫。10多个人愤愤地向保险门踢了几脚，边骂边走。

当晚20时，红荔路交通银行，傍晚被烧毁的摩托车残骸还在冒着丝丝青烟。

游行的队伍被几十名公安武警战士拦住，他们本是在值勤担任警戒，但共和国卫士的责任使他们不能无视这样混乱的局面。他们试图做劝说工作。

一位武警指挥员站在一辆警用汽车上，大声地对游行队伍做着思想工作："大家理智一点儿，政府会妥善解决这件事的，大家要保护特区的环境，维护特区的安定，不要受少数人的挑拨……"但这些近于疯狂的人们此时什么也听不进去。

"现在说得好听，在股市你们还不是一样徇私舞弊？"

"我们要去市政府见市长！"

还有一些人口出秽语对武警战士进行人格攻击，恶语中伤，人群中开始有人向公安、武警战士投掷石块、玻璃瓶等，有几各武警战士当场受伤了。

愤怒的人群冲过武警战士的阻拦，冲向停在一旁的警用汽车和摩托车。先是一顿乱砸，还有几个人将汽车一侧的轮胎扎破，然后一齐推汽车的另一边，几辆警用汽车被推翻，他们好像还不解恨，又引火点着了汽车、摩托车，"轰轰"的爆炸声接连不断……停在路旁的一辆私人面包车也无辜地遭到连累，爆炸起火。

而另一部分人，被金钱梦扭曲了灵魂，在混乱的掩护下，扮演着一幕幕令人痛心、令人发指的丑剧……

11日凌晨2时，来自揭西县的5个人，冲进了西丽大厦停车场，此时充斥他们头脑的既不是愤怒也不是委屈，因为他们早已被发财的欲望烧得发烧发昏。"不行，得趁乱捞一把。"

发财的欲望使得他们穷凶极恶。他们挥舞手中的木棒、铁条，扑向停在场内的几辆汽车，不到半小时，他们毁了奔驰、皇冠等小汽车3辆，中巴一辆，并掠走车上一切能拿走的东西和财物，甚至不放过一盒香烟！

后来，他们又打烂了麦当劳餐厅的玻璃。而后，他们又对混乱的情绪躁动的人群高喊："警察这帮东西只会治我们这些老实人，毁了他们的治安岗！"

人群中又有几个人走过来，在那场9206号热带风暴中没有摧毁的治安岗亭，这时却被他们推翻倒地，正当他们还欲继续逞恶时，公安、武警战士出现在了他们的面前。

他们将受到法律的应有惩罚。

分别来自内地某省几个县的4个人，从10日23时到11日凌晨2时短短的3个小时中，结伙先后分别闯进两家商店和一家饭店进行砸抢，获得赃款、赃物3000多元，他们同样也逃脱不了法律的审判！

贫穷不是耻辱，但借口贫穷而丢掉良知去谋求不义之财那就是无耻！

就在大多数人从噩梦中苏醒进行理智思考的时候，也还有少数人还在半梦半醒之间游荡，一旦没有了一点束缚，就会恣意妄为。

与金融中心只有一街之隔的某银行发售点，自凌晨3时开始，人们已经在有秩序地排队，接受前几天乱拥乱挤的教训，人们自发地按排队顺序进行编号，人们有意在等值勤公安干警上岗就不再重新编号。

但由于值勤的公安武警战士迟迟不到，到上午10

时，由900多名排队者自发编号的队伍已被挤乱，无奈的人们只好故伎重演，前后搂抱着排成一队，但销售点前不大的广场中已到处都是前扑后拥的人群，这一小队人龙在如此人海中左右摇摆，难以支撑，在坚持了近两个小时后，最终也土崩瓦解。

10多名晚到的青年人站在人群边上喊："快挤啊，快要售表了，再不挤就没有机会了！"

几名青年点燃了手中带来的爆竹向人群中扔去，人群顿时一片大乱，他们则趁机向人群中扑去。

14时30分开始发售兑换券，时至11日17时40分，仍不见有公安或武警战士上岗维持秩序，叫骂声、哭喊声响成一片，再次出现在发售点前。

傍晚18时30分左右，10多名武警战士才来到发售点，秩序渐渐地趋于良好，人群也慢慢地平静下来。

在招商银行发售点，在11日凌晨3时左右，人们开始按秩序排队，等候购买兑换券。

到11日上午已经有近千人排队，但因为公安、武警维持秩序还没有行动，时而有因插队或拥挤而打架者，这时一位排在200多位的青年人自告奋勇放弃自己的队位，为1000多人的队伍编号，人们大部分都用一种欣赏的眼光对他表示感谢，但却遭到少部分人的毒打。

8时，发售点前来了20多名股市"特种兵"排队专业户人员，他们来到队伍前，不由分说硬要插队，好心的青年人据理力争，"特种兵"恼羞成怒，先是出言辱骂，而后挥拳相向，青年人只好向人群中逃避，但这帮凶恶的歹徒仍然赶着追打，这名青年人只好带伤逃离这块他倾注满腔热情的地方。

17 时左右，两伙近40 人受雇排队的"特种兵"因争夺号位而发生斗殴，令人惊讶的是他们竟无视此时在场维持秩序的 8 名公安人员的存在。

一时间砖头石块满天飞，木棒交加，甚至拔刀相向，而此时值勤的 8 名公安战士因警力不足，又没有随身携带具有强威慑性的武器而不敢上前阻止。

"打死人了！"有人喊。只见一名斗殴者前身满是鲜血，摇晃着扑倒在地上，同伙中立即有两人冲过来抬起伤者奔向医院，其余人员则仍然打个不停，直至两辆呼啸而来的警车将其包围。

城门失火，殃及池鱼，旁边无辜者亦被误伤 3 人。可场上形势刚一安定下来，人们又重新排起长队继续购买兑换券。

四、勇敢面对

● 为了抓紧时间，李灏、郑良玉当机立断，下令先突击再加印 500 万份抽签表，同时向上级请示。

● 国务院领导终于同意了深圳市委和市政府的建议，并提交最高层批准，为迅速平息"八一〇"事件创造了条件。

● 海内外专家、学者几天来也各陈己见，普遍认为不要大惊小怪，要总结经验，继续前进。

采取措施平息风波

示威者第二次包围市政府时，情况已非第一次可比：一方面是示威人数加上围观者急剧增加。"港报"报道估计有两万之多，其实多少有些夸大，因为它把周边看热闹的许多群众也都算进去了。

根据当时的录像估计真正参与示威的人员最多也就是几千人，其中还包括不少起哄的。

另一方面，与第一次猝不及防不同，市政府紧急调集了大批公安武警，仅现场就有四五百警力严阵以待。

由于这是深圳建市以来规模最大的一次自发示威游行，当局绝不敢掉以轻心。

在双方对峙近一小时，多次劝阻、警告示威者自行散去无效的情况下，到晚上 21 时，当局终于采取行动，将示威者驱赶到西起上七步路、东至红岭路远离市政府的范围之外。

但示威者坚持不肯离去，滞留在深圳大剧院一带，即红岭路与深南中路交界处。

在场的 3 辆警车、一辆拖车与一辆水车被重重包围，现场亦有不少公共设施被损坏。

一部宣传车在上述地段来回行走，通过高音喇叭反复播放市政府的《公告》，其内容有 5 条：

1. 示威者是非法集会，市政府不能容许未经事先申请，尤其是未经批准便擅自游行。

2. 警告并严惩少数趁乱从事打、砸、抢、烧活动的滋事分子，要警惕坏人别有用心。

3. 明日，即 1992 年 8 月 11 日下午 14 时，在各营业点继续发售抽签表。未买到抽签表的，可按原规定前往购买。

4. 在新股认购表的发行过程中，如有腐败现象，一经查实，将坚决惩处。

5. 希望大家自觉行动起来，共同维护深圳的安定团结局面。

这五条中第三条无疑是最令人瞩目的，它表明为了缓和示威者的情绪，迅速平定局势，当局同意接受与满足示威者的要求，是在坚持原则的基础上一种灵活的应变措施，某种意义上也是一种让步。

继续发售抽签表的决定是怎样作出来的呢？

事情到了千钧一发的紧急关头。怎么办？深圳市有关部门都束手无策。市政府召开紧急会议研究事件的处理意见，大家都拿不出好办法来。

深圳市委书记李灏说：

大家有什么好的措施？如果没有什么别的

办法，我提议把明年 500 万股票额度提前到今年发行。因为股民都是冲着股票来的，不能满足他们的要求，即使没有出现舞弊行为，他们也不满意。为什么？因为我们决策有错误，股票发行本身有缺陷，买股票怎么会没有风险，稳赚不赔？利益使得他们急红了眼。

有人说这个办法不行。寅吃卯粮，把来年的额度挪用到当年，要不要向上面请示批准呢？

更好的办法又提不出来，干着急啊！李灏说："千钧一发，分秒必争啊！哪里还有时间层层请示呢？"

李灏接着说："事不宜迟，就这样定了，全部责任压在我一个人身上，撤职、法办我一人承担！"

决定以后，连起草文件都来不及，草草写了 5 条。晚上 21 时 40 分，以市政府"公告"形式拿到广播车去广播，同时派出机关人员在人群集中地点宣传"公告"。

第三条最关键，结果，游行队伍呼啦一下散去了，都去排队了。

这时，又一个大问题出现了，即抽签表能赶印出来吗？不能误事啊！

李灏立即找人民银行行长王喜义询问情况。他了解到的具体情况是，恐怕印不出来。

此时面临的主要困难是：

第一，原来印抽签表的纸张，是准备印特区钞票的专用纸，可以防假，要再印 500 万张，专用纸不够用；

第二，原印发 500 万抽签表从设计、制版、印刷到包装，前后花了一个多月时间，现在要在 10 个小时内赶出来，是无论如何也印不出的。

在这种紧急情况下，李灏下了死命令，要求他们无论如何在明天 8 时前必须印出，至少要有一部分。

王喜义立即去布置，后来他打电话向李灏报告说，他与银行领导和光华印刷厂领导研究后决定：

第一，将 500 万张抽签表改印为 50 万张兑换券，并把面积缩小，随后凭一张兑换券来换再印出的 10 张抽签表，这样能保证第二天 8 时前印出来，也能保证防假并同前面已销售的抽签表有区分。为了保险起见，还多印 30 万张兑换券。

第二，把原抽签表的 7 项内容缩短为 4 项，简化文字，减少工序，以确保第二天早上 8 时印出来。

第三，把各银行的有关人员连夜组织起来统一安排，根据各销售网点的距离、数量，在印刷厂边印刷，边包装，按照先远后近的次序边印边送。

接着，23 时，市里召开局级以上干部紧急会议，李灏讲话说：

这次事件不仅是一个敏感的经济问题、利益问题，更重要的是它会使民众不满、积怨沸腾，酿成政治风波，成为社会问题。特区发展市场经济，发展股票市场，就要十分注意在管理尚未完善、措施不健全情形下，抓好我们自己的队伍建设。个别党政干部、管理人员受利益诱惑，在这次售抽签表中营私舞弊，把抽签表在内部分给有关系的人，使在外面排队几天几夜、日晒雨淋的群众没能买到。走后门，影响很坏。一定要查，要严肃处理。市里还要求所有的机关干部第二天都到销售点去，落实《公告》的5点要求，如果再发生舞弊行为，追究领导责任。

原来上街游行的消息一传到市委、市政府，市委书记李灏与市长郑良玉便立即召集市委、市政府主要领导的联席会议进行紧急磋商。

会上经过紧张讨论后，统一认识并明确了两点：

其一，做好宣传疏导工作，尽量避免激化情绪，造成更大的对立，以免被坏人利用。要毫不含糊地声明：市委、市政府对申购过程中徇私舞弊人员一定会组织人员查处，一经查明即严惩不贷，绝不姑息。

其二，许多老百姓没买到抽签表，心里面有气，如果不扩大发行满足他们的要求，这口气很难扯得平。因此扩大发行是迅速平息事端的最有效、也是最快的办法。

正如郑良玉后来所说：

> 群众既不是冲政府来的，更不是冲改革来
> 的，他们的愿望就是要买股票。只有扩大发行，
> 各点一开卖，群众就散了，极少数想借机闹事
> 的人也就无计可施了。

李灏也是赞成扩大发行、再发售抽签表的。但股票发行在当时是由中央批准的，必须请示中央。

为了抓紧时间，李灏、郑良玉当机立断，下令先突击再加印 500 万份抽签表，同时向上级请示。李灏随即给国务院领导打电话，请求扩大发行一倍。

国务院领导起初表示一下子再扩大发行一倍恐怕不行，必须经过一定申请程序。

李灏于是详细汇报了深圳当时的形势，反复强调这是解决当时事态的唯一出路，否则局面就很难控制，坏人也可能有机可乘。

最后，国务院领导终于同意了深圳市委、市政府的建议，并提交最高层批准，为迅速平息"八一〇"事件创造了条件。

但是，在当晚，该决定公布之后并未立即使示威者散去，人群仍然聚集在市政府门前数百米半径的地带。

期间虽然屡次天降暴雨，淋得示威者纷纷去避雨。但是，雨停后人们又重新集结，间歇向手持防暴盾牌的公安武警发出嘘声。

22时40分左右，公安武警在统一指挥下发动了第二次清场行动，进一步扩大警戒范围。

这次行动历时约10分钟。在这次行动中，据目击者称，有七八人因拒绝配合而被拘捕。

在这之后，晚上23时10分，又组织了也是10分钟左右的第三次清场。

这个时候，天再降暴雨，在驱散人群方面帮了大忙。到24时左右，虽然仍旧有群众在晶都酒店与深圳大剧院一带与公安武警对峙，但人数已经只有两三千了。公安就没有再采取任何行动了。

深圳的夜晚又恢复了平静。

李灏等到把一切都部署完毕后，大概已是第二天凌晨2时左右了。这时，时任国务院秘书长的罗干给他打电话询问事件情况，李灏就把整个过程如实作了报告，说已经平息了。

过了一会儿，时任中央书记处书记的丁关根也打来电话询问，李灏又报告一次。

又过了半小时，国务院总理李鹏也给李灏打来电话询问情况，李灏向他报告，说他们动用了来年的股票发行额度，加印发行500万份抽签表，第二天一早在原销售点发售，股民都去排队了，事情已经平息。

李灏还告诉李鹏，他们已经处在一种除了这个办法外神仙也挽救不了的局面，挨什么处分他都认了。

李鹏说："你在第一线，你了解情况，就按你的意见办。"

凌晨3时多，李灏回到家里，刚躺下，广东省委书记谢非打来电话询问情况，李灏又报告了一番，谢非也没说什么。

当1992年8月11日的晨曦装点着深圳的黎明时，震惊中外的"八一〇"事件已经结束了。

就像一场台风一样，它的离去与它骤然而至一样迅速。

1992年8月11日14时，所有的抽签表发售点又见人龙。只是全无9日时的拥挤与混乱了，相反却显得悠然和井然有序，即使排在队尾的人也不像前几天一样东张西望而坐卧不安了。

因为外地来的申购者绝大部分已离开了特区，排队的多是深圳本地居民，人数也就大为减少了。负责维护秩序的值勤公安干警也不再显得高度紧张，而显出几分轻闲地来回踱着方步，只偶尔大声喊几声："不要挤，要注意维持秩序！"

令人不可思议的是，好像前一天夜里的游行示威活动根本没有发生过，没有人议论游行队伍行进的情况，当人们再次相对时，互相依然是那么陌生，人们都有一个共同的感觉：昨天晚上的事真是可笑。

一位中年人对采访的记者说："应该说是发行抽签表中的舞弊行为诱发了股民的游街示威活动，但也不能说是唯一的主要原因，另一个重要因素就是因为要买表的人太多，即使发行中没有舞弊行为，不还是有几十万人不能买到表吗？心里也是一样着急烦躁，折腾什么呢？没有意思，政府又补发了抽签表，政府也有难处。"

人们开始在冲动中恢复理智，在平静中思考。

尽管如此，发售还是延续到华灯初上的晚 20 时才结束。

无论从哪一方面来说，8 月 11 日下午与 9 日上午这两次仅隔一天的申购的反差是巨大的。如果把 8 月 9 日上午的结果看成是悲剧收场的话，那么 11 日下午却是以喜剧收场。而之所以如此，是因为中间发生了"八一〇"事件。

8 月 11 日晚，深圳市市长郑良玉发表电视讲话。

8 月 12 日晨，深圳天蓝云白，人们在新股认购抽签表及兑换表发售点前打扫垃圾。

《深圳特区报》在 8 月 15 日发布一篇报道：

> 8 月 13 日，深圳 30 万市民拿扫帚上街整治市容，市委、市政府等几套领导班子主要领导与市民一道扫帚上阵，百万股民排队认购抽签表遗下的一座座小山似的垃圾被运出城外。
>
> 深圳市运输部门增加运力，运送全国各地

来深圳认购抽签表的数十万人返乡。

　　一度暴跌的股票市场出现反弹，股民脸上又绽放出微笑。

　　从 8 月 12 日起，70 多万蜂拥而至深圳的异乡人带着不同的收获和共同的心理创伤纷纷踏上归程，但给这座城市留下的只是一片狼藉，大片草坪被踏坏，马路旁的栏杆、树木也已面目全非，被丢弃的饭盒、饮料袋、胶袋、鞋子、凳子等五花八门的垃圾，甚至粪便更令人觉得惨不忍睹。

　　8 月 12 日，全国人大常委会《证券交易法》草案起草小组一行 10 人从北京抵达深圳，进行为期 8 天的调查研究。

严查相关人员舞弊行为

11 日晚上，深圳市市长郑良玉在电视上发表讲话，明确表示：

> 10 日晚上发生的"不幸事件"是极少数不法分子利用我们发售工作中的不足造成的，希望市民冷静克制，维护特区的安定团结。对极少数打砸抢的不法分子，政府绝不手软，对徇私舞弊的工作人员，政府将认真、彻底地进行调查。

郑良玉还指出，股市热使人们头脑发热，一下子从外地涌入特区七八十万人，给特区的治安管理工作带来了极大的困难。

虽然认购狂潮已平息，可事件远没有结束。8 月 16 日，深圳市检察院召开紧急会议，成立了 3 个调查小组，对各发售点的发售工作进行彻底清查。

9 月，调查小组升格为联合清查办公室，调用了 130 名党政干部，由市长郑良玉亲自挂帅。清查结果表明，舞弊行为确实严重。

农业银行南头支行负责发售的副经理黄某在发售前，

即9日，截留5000张认购申请表，在发售时，即10日，又截留1.07万张，占该营业部发售量的28.35%，供自己职工领取；建设银行城东支行某办事处，截留了发售额的46.5%，供职工瓜分。

在300个发售点中，竟有95个不同程度地截留了认购申请表，截留数高达10.54万张，舞弊者多达4180人。有10万多张申请表被系统内部职工、执勤、监管人员和关系户私下瓜分。

可以想象，总共发售500万张，其中有10万多张被截留私分，以权谋私达到这种地步，无怪乎要激起认购者的公愤了。

"八一○"事件造成了很坏影响，直到1993年7月1日，对此事件的清查处理工作才告结束。

到12月10日止，3个多月后，清查工作取得了重大进展。

群众投诉的62条重点线索核查57件68人，属实和部分属实的38件，涉及43人。

在整个案件中，总共处理了277人，收回新股认购抽签表1499张。

群众投诉较多的市农行南头支行营业部、市建行深建证券部和人民北路办事处3个发售点营私舞弊的情况很严重。

按规定，8月9日这3个发售点应公开发售新股认购抽签表6.5万张，但实际只公开向群众出售了3.9万多张，其余 2.6 万多张全部被私分私拿了。

3 个发售点的银行、执勤和监管人员，从负责人到一般工作人员，几乎都有舞弊行为，最为严重的是市农业银行南头支行营业部发售点，在参加发售工作的 33 人中，有 31 人参与了截留私买抽签表。

在售表过程中，以权谋私者比比皆是，"监察小组"监守自盗，走后门明目张胆，执法人员知法犯法，安排亲友夹塞排队。

一方面是大批人买不到，另一方面是有人大批倒卖，"倒爷"的抽签表是从哪里来的？

某银行职员公然声称，谁要拿得出 2000 张身份证，他可以拿出 2000 张抽签表与之合作，大家五五分账。

8 月 10 日至 8 月 12 日，某家新闻单位接到举报电话几十个，接待来访群众 10 多批。有一家银行分行承认：共有 1.5 万张表，实际公开售出只有 4000 张，其余全部走了后门。

另一家银行，很晚开始发售，又很早"售罄"，且自始至终以缓慢的速度发售，全日只售出表格的 30%，70% 的表格内部消化。

某银行一位 30 多岁的年轻行长，坦白承认他一人就拿了一万张抽签表！

在传讯、逮捕的 30 多名涉嫌炒卖活动的国家工作人员中，其中一名被抓时身上竟然还穿着警服！

后来有人在谈到其中的一个营业点的舞弊行为时绘

声绘色地描写道：

售表窗口里的气氛并不比外面轻松。空调大开着，还是很闷，递进来的钱全都湿透了，点钞机失灵了，营业员不得不把纸币一张张摊在桌上，用卫生纸擦干。自从拆开箱子清点认购表的数量开始，大家都在拼命忍着内心的激动，一边卖一边左顾右盼，频频观察别人的脸色和举动。

监督人员倒是寸步不离的，可也都是心不在焉。人人心怀鬼胎。

"因为每个人都有大把的身份证锁在抽屉里，几万、几十万的私人现金也早早放进自己的金库了。"一个营业员后来坦白说，"我们职工都心照不宣，按兵不动。"

眼见那几个监督人员提进几个黑皮包来，制服庄严，神态肃穆。经理胆子小，又和这些人素不相识，但却看出那些手提箱里装的全是现钞。

一阵短暂的沉默，一个家伙不再肃穆，笑一笑，提上一个黑色公文箱。这边一大堆人霍然起身，他们等的就是有人开头。

"你敢我们还不敢？"于是个个转身，拿出一把身份证和一捆钱，谁都怕自己拿少了，转眼间表格就被席卷一空。新聘来的外地保安员只买了 150 张，是最少的。分完了表，女人们有些害怕，男人们商量对策。经理给大家打气："哪个点上没私分？查谁？"于是大家心里稍安，捂着包走出来。

外面还有挤成一堆的人群，一阵被蒸发起来的腐臭味扑鼻而来，像在地狱一般。

卖表格的人都跑了，买表格的人还被蒙在鼓里。后面的人更猛烈地往前拥，前面的人更猛烈地往外拥，如同海浪撞击着岩石，让人恐惧。

深圳"八一〇"事件，也许是深沪交易所建立以后第一起集体违法犯罪事件。

有人不相信公布的调查结果。从最先被举报并清查的 6 个点看，平均私分私购达 44.6%，照此推算，哪怕降低一半，全市 300 个售表点流失的何止 10 万多张！也许调查是准确的，但这就更可悲：连真话都没人信了。

1992 年 8 月 25 日，《深圳特区报》发布短篇报道：

8 月 14 日晚，市委书记李灏、市长郑良玉等慰问了为协助本次新股认购抽签表发行工作来深执勤的武警官兵。同晚，郑良玉市长、厉有为等前往红会医院看望了几天前在购买抽签表中负伤的群众。

同日，郑玉良市长在深圳市人民代表大会第十一次会议上做工作报告时，就1992年新股认购抽签表发放过程中的问题介绍了决策经过、事件经过及应吸取的教训，表示一定做好善后工作，组织好抽签等后续工作，并推动改革的深入。

8月30日的《深圳特区报》报道：

> 深圳市公安机关通过深入侦查，抓获了12名在8月10日煽动群众闹事，进行打、砸、烧的严重刑事犯罪分子。

"八一〇"风波后20天，兑换券兑换抽签表的工作开始，各发售点秩序井然。

到9月4日，深圳市公安局破获了3个贩卖新股认购抽签表假兑换券团伙，抓获一批违法犯罪分子，收缴了一批假兑换券、假身份证、假发票、假公章等。

"八一〇"事件留下许多后遗症。首先是深圳的第一、第二把手都被调走了。

市委书记李灏是1987年从北京到深圳市，"八一〇"后仍回北京。

郑良玉市长去了江西。郑良玉在离职那天公布了对"八一〇"事件的清查结果，于当年12月16日，在《深圳特区报》发表了一篇卸任小诗后，怅然上了井冈山。

第二个后遗症是：由于增发 500 万张申请表，打乱了原来的新股发行计划，使新股发行拖至第二年。

在 1993 年 9 月 28 日，新股认购表第三次抽签时，不得不把上海的大盘股石化也部分纳入深圳新股的行列，以弥补增发的额度。

到 1994 年 5 月 30 日，据《中国证券报》报道，属于 1992 年深圳"八一〇"新股发行中遗留问题的企业还剩下 5 家没有解决，这 5 家公司在 1994 年第三季度才陆续招股发行。

市领导事后的反思

对 1992 年新股认购表发售工作中出现的失误，高层决策者迅速作出了总结和反省：

> 本次决策失误可归为在技术上采用限量发表、高价收费、凭身份证认购及公布中签率等，在思想上试图用计划经济的办法处理市场经济问题，没有着重运用市场风险制约机制，而发表中公职人员的违纪舞弊现象更导致了问题的复杂化，诱发了风波。
>
> 当前除了切实做好发表后续工作，实事求是，严肃认真地查处腐败现象外，更要认真总结经验教训，积极推动证券市场深入和健康发展。加强证券立法迫在眉睫。尽快建立政企分离，银行与证券业分离及分级分层管理的证券体制的问题应摆上议事日程，而今后如何搞好初级市场发行更应被作为攻关项目提出来。

深圳市委书记李灏认为这次新股发行是市里的大事，他本人却没有去了解、过问并进行把关，确实是难辞其咎。

后来，中央对"八一〇"事件发了通报，通报说：

　　张鸿义负直接领导责任，郑良玉负主要领导责任，李灏负领导责任。

李灏参加工作几十年，一直没挨过什么处分，这次落个中央通报批评。

不过，李灏自己觉得作为市委书记，一把手，出了那么大的事，对深圳特区造成那么大负面影响，心里也很不安。他自认为在这件事上，应该承担犯了官僚主义错误的责任。

在 4 月份的时候，在深圳市人民银行报送的采用预交款抽签发行方案报告上，李灏是签字同意了该方案的。但后来在几个发行方案酝酿时又改变了，为什么定了又改变呢？

李灏没有进一步去了解和过问。

8 月初发行方案公布后，王喜义对沿用凭身份证发行方案有不同的意见，曾以个人名义给李灏写信，指出沿用老方案实际上是迁就了一些走后门的权力部门。李灏看完后批给了张鸿义和任克雷阅处。

李灏在事后带着悔意说："这次新股发行是市里的大事，为什么不去了解、过问、把关呢？的确犯了官僚主义错误了。中央通报我负有领导责任，是很客观的。"

这次新股上市发行抽签表暴露出不少问题，"八一

○"风波教训很深刻。一分为二地讲，问题暴露出来了，也是件好事。

李灏全面总结了"八一○"风波所带来的经验和教训，他认为"八一○"风波所产生的影响主要有以下几个方面：

第一，事件催促了中央证券监管机关的诞生。1992年10月底，也就是在"八一○"事件发生两个月之后，国务院证券委员会成立了，朱镕基副总理兼主任。这是我国最高证券管理权力机关，对证券市场实行宏观管理，统一协调股票、企业债券、国债等有关政策，保护投资者合法权益。

1993年3月，市委、市政府发出《中共深圳市委深圳市政府关于改革证券管理体制，进一步强化我市证券市场宏观管理的通知》，成立深圳市证券管理委员会和深圳市证券管理办公室，统一管理深圳证券市场。

第二，事件告诫人们，证券、股票、债券、期货及投资是有风险的，稳赚不赔是没有的。

在这次事件前，由市政府四大行政管理机关发布的《认购抽签表发售公告》，其中第一条就写着"中签率约为10%"，"每张中签表可以认购本次发行公司的股票1000股"，"属于1992年发行规模的中签表，今年认购不完的，1993年继续有效"。

这些话很不恰当，都有误导成分，股民从"公告"文字表述中觉得这是稳赚的好事，这是导致这次风波的最直接诱因。

每张抽签表设计、定价 100 元一张，这个定价合不合理，暂且不说，但这个高价也误导了股民。

股民认为既然市政府都敢把一张抽签表价钱卖得那么高，买到后肯定能赚大钱。"政府能让市民吃亏？"这就冲淡了股民对股票投资风险的意识，实际上起到了鼓动市民去抢购的作用。

第三，"公告"的设计与表述不仅没有体现股票投资的风险性，而且很不合适很不合法。

首先，这个"公告"是市政府 3 个主要行政执法机关和人民银行联署发布的，到底是谁发行股票呢？是政府还是企业？发布"公告"的主体和文字表述，都容易使人误解为政府发行股票，大多数股民是冲着政府而来的。

其次，文字表述不合适，比如"中签率约为 10%""不论中签与否……凭以参与将发行的可转换股票债券的抽签"，这些都是具有鼓动性、诱导性的表述。

还有，第十六条规定："每一身份证限购新股认购抽签表一张。为减少排队人数，每一排队者最多可持有 10 张身份证买表。"这一表述也有问题。

它违反了中国居民身份证管理条例。个人委托他人使用身份证和使用他人身份证的主体行为是不同的，正是这一缺乏法律知识的表述，引发了全国各地的身份证通过租、买、借、寄大量流到深圳的违法行为。

"八一〇"事件之后，海外传播媒介沸沸扬扬，尤以与深圳唇齿相依的香港为最，其中不乏对深圳公务人员舞弊，公安、武警使用防暴手段等的大肆渲染，但主流的声音仍是十分关注中国大陆改革开放的历史命运与前景，更有挚语诤言献计献策。

8月12日的香港《东方日报》在"评坛"一栏中发表了《不要"一朝被蛇咬，十年怕井绳"》一文。

《明报》的"自由论坛"发表"向十四大提出好启示"的文章，均从政治、经济、文化、心理等诸多角度分析了此次风波的利弊得失，言辞沉痛中带有激励，激愤中包含有冷静，批评中有良策，发人深思。

8月30日，郑良玉市长向市人大常委会汇报工作，心情沉重，承认政府组织工作没有做好。

这位锐意改革、开拓进取、创深圳特区佳绩的市长对8月10日风波痛心疾首，甚至在市局级以上干部会上泣不成声，多次痛哭。

海内外专家、学者几天里也各陈己见，普遍认为不要大惊小怪，要总结经验，继续前进。

此后不久，时任国务院副总理的朱镕基在会见香港一位客人时指出：

> "深圳股票事件"是一次技术失控事件，当然其中包括很多人为因素，国家将会切实查办贪污行为，而对于那些纯粹属于技术失控的问题，则需要吸取有关经验教训。

风波催生证监会成立

1992 年 8 月 11 日，深圳"八一〇"事件惊动了中国最高领导层，国务院迅速作出反应，紧急成立了专门的证券监管机构。

可以这么说，"八一〇"事件从好的方面来看，它促使中国证券管理的最高机构迅速诞生，由此产生了由 13 个部委组成的国务院证券委和负责对证券市场日常监管及执行决定的中国证监会。

证券委犹如中国证券的最高立法机构，而证监会则相当于中国证券市场的最高执法机构。

在此之前，证券方面的事务是由国务院指导下的体改委负责的，如从 1992 年到证券委成立前，在国务院指示下，体改委联合有关部委制定了 13 项股份制试点配套法规。

建立证监会的提案，是在 1991 年 3 月全国人大、政协两会上，蒋一苇、刘诗白和厉以宁等代表提交的。提交的议案被编为 1502 号，盖了个"机密"的章，就搁置了，或许当时大多数代表对证券不熟悉，没兴趣。

1992 年深圳"八一〇"事件一出，当时的国务院副总理朱镕基紧急召见刘鸿儒，让其担任证监会主席。至于证券委主任，朱镕基自己兼任了。中央之所以让刘鸿儒出任证监会主席，是因为他在这方面堪称专家。

如果论出身，刘鸿儒可谓苦大仇深。小学毕业就在黑龙江的一家日本人的兵工厂当了焊接工，日本投降后，高中还没毕业的他就投身到土改运动中去了。

1954 年，新中国成立后的第一批留苏学生中，就有刘鸿儒。他在苏联专心攻读政治经济学，后来又师从苏联货币银行专家阿特拉斯教授。

学成回国后，刘鸿儒在吉林大学和东北人大任教，后来进入了中国人民银行工作。改革开放伊始，他就一直从事国家金融方面的改革。

1980 年，任人民银行副行长，1990 年任国家体改委副主任，集中全力研究建立和发展中国的证券市场。

其实，刘鸿儒与中国资本市场的关系由来已久。早在 20 世纪 80 年代初，刘鸿儒就大胆提出：

中国要发展股票市场，这是不以人们意志为转移的客观规律。

1985 年的党代会通过了刘鸿儒在人民银行时主持起草的《建立以间接融资为主、直接融资为辅的金融市场体系》和《促进资金市场的形成》等建议，列入了"七五计划"。

后来，刘鸿儒在文章中表示：

　　股份制是20世纪80年代以来唯一经受住了实践检验的国有企业改革形式……股票市场是适应国有企业的股份制改革而产生的，反过来又极大地推动了国有企业的股份制改革，也使得中国的经济改革和市场化进程成为不可扭转的趋势。

　　我国股市则在这段时间中渐渐发展起来。截至1990年底，我国共有4 750家企业发行了各种形式的股票，共筹资42.01亿元。其中，公开发行股票筹资17.39亿元，非公开发行筹资24.62亿元。

　　然而，股票市场也开始出现"过热"的苗头。根据当时人民银行的调查，到1990年6月末，深圳发展银行股票价格为24.85元，在4月拆股之前它的价格更是高达176.78元，比发行价格上涨了784%；金田股票每股83元，比发行价上涨730%；万科每股7.13元，比发行价格上涨613%；安达每股8.76元，原野每股53.21元，分别比发行价格上涨776%和423%。

　　全国的资金也有源源不断向深圳聚拢之势，股票热引起了各界关注和争论。

　　时任国家经济体制改革委员会副主任的刘鸿儒奉命3次率领调查组，深入到深沪两地的交易网点实地研究对策。

　　在调研后，刘鸿儒认为，"无论如何，股票市场的试点还是应该继续试下去，否则我们在全国、在世界面前无法交代。改革不能后退，股市可以不扩大"。最后，中央采纳了他的意见。

后来刘鸿儒一直都说："保留这片改革成果，是党中央的英明决定。"

1990 年，刘鸿儒作为国务院工作小组组长，到地方对股份制改革和证券市场做过深入调查，在这方面做了大量的工作，他对中国刚刚兴起的股市相当熟悉。在危难之机，他责无旁贷地挑起了国务院委以的重任。

直到"八一〇"风波的发生，刘鸿儒终于站到了资本市场的最前沿，这次他的身份是中国证监会的"首任掌门人"。

1992 年 10 月，他租了保利大厦的两层楼作为办公室，拿着借来的办公经费，开始了第一届证监会的工作。

到任后，刘鸿儒才真正意识到这份差使不好做，正如他所说："证监会犹如坐在火山口上，股票价格猛涨，上面会有意见，担心出事；股票价格猛跌，下面会有意见，老百姓不干；不涨不跌，所有人都会有意见，因为你搞的就不是市场了。"

1992 年 11 月 17 日，上证综合指数跌至放开股价后新低 386.85 点。此时，与放开股价时的 1 429.01 相比，已经跌去近73%。

股市此后又大幅攀升，至 1993 年 2 月 16 日到达1558.95 点，半年的跌幅，3 个月就回补。然而当日，上海老八股宣布扩容，上证指数从 1588.95 的高点开始大幅下跌。

1993 年 3 月 14 日，刘鸿儒在上交所第四次会议上宣布"四不"救市政策：

> 55 亿新股上半年不上市；当年不征收股票转让所得税；公股、个人股年内不并轨；上市公司不得乱配股。

股市依然一路狂跌，一直到 7 月 29 日的历史最低点 325.89 点，与最高位相比，跌幅达 79.5%，大盘再度陷入低迷。

1994 年 7 月 30 日，中国证监会宣布三项"救市"措施：

> 年内暂停新股发行与上市；严格控制上市公司配股规模；采取措施扩大入市资金范围。

这是中国股市历史上第一次政府出手救市。

8 月 1 日，三大救市政策开始生效，随后的一个半月时间，股指从 7 月 29 日的最低点 325.89 点涨到 9 月 13 日的 1052.93 点，涨幅超过 200%。

虽然在任期间的三大政策是中国股市历史上的第一次救市行为，但刘鸿儒认为，对证券市场，政府要改变当"婆婆"的习惯，政府伸出的"手"应适可而止，应逐步淡化行政色彩，走市场化的道路。

因此要做到"在规范中发展，在发展中规范"，得像空中走钢丝一般谨慎小心。

证监会成立后的当务之急就是解决深圳"八一〇"事件暴露出来的问题，也就是如何解决股票发行方式上的问题。

在供求关系完全失衡的情况下，股票的发行方式将直接影响社会安定。

为此，刘鸿儒马上奔赴香港取经，回来后又在北京燕莎写字楼，与台湾同行详谈了两天，在综合分析各种发行方式后，他决定采用香港的办法，即个人认购，预先缴款，锁定认购款。

但这个方法由于内地银行做不到，无法采用。最后证监会采用了台湾的办法，即无限量发行，先发行认购表，抽签决定，这个方法得到了国务院的批准。

1993 年 7 月，青岛啤酒的发行首次采用这个方法，即无限量发放认购表。这成为当时新股发行的主要方式，这种方式基本上能杜绝类似深圳 1992 年限量发行的舞弊行为。当时证监会派出 20 多人，实地考察青岛啤酒的发行，发行过程非常稳定。

但这种方法的不足之处也非常明显：中签率很低，投入的人力、物力太多，费用过高，认购成本相应增加。

1993 年 10 月，青岛海尔发行时，采用了"无限量发售专项定期定额存单"的方式，把银行存单与中签凭证合二为一，降低了发行成本，不过这种方式只能在股市初期市场过热时用，因为随着"银证脱钩"，要求买股票者非得先把钱存入银行显然是不合理的。

1993年11月，济南轻骑采用"全额保证金存入定额定期特种储蓄存款"的方式发行，把青岛海尔的发行方式进一步完善，所谓"特种储蓄"并非要求认购者去银行储蓄，只是必须存入认购新股的保证金。这种方式不仅与"银证脱钩"的原则相违背，同时给股票的确认与托管工作带来一定的麻烦。

1994年6月，广东星湖采用"全额预交、比例配售、余款即退"的发行方式，避免了成本高、资金锁定时间长等缺点，但在地域性及确认、托管上仍存在问题。

1994年6月25日，沪市的哈岁宝和深市的琼金盘首次采用上网竞价发行方式，此方式发行费用低、覆盖面广、资金锁定时间短、登记过户量小，优点极为明显，不过上网竞价使新股发行价格不确定，发行价波动过大，影响市场的平稳。

1995年1月18日，仪征化纤利用上交所交易系统上网定价发行一亿元新股，这样就避免了新股发行价不确定的问题，但仍无法解决波动过大导致市场动荡的问题。

刘鸿儒颠来倒去地试用各种方法来发新股，最终"乃知新股徒为尔"。

新股年年有，但如何发行最为公平与稳妥，依然是中国股市永恒的话题。

面对深圳经历的"股灾"，刘鸿儒通过各种渠道，收集了全球 1929 年以来各个国家各个地区历次股灾的资料，然后找国内外专家座谈、了解……

由于股市规模发展受到限制，在中国股市的操纵阶段如何强化规范、防范风险，把市场风险降低到最小，是新成立的国家证监会面临的最重要，也是最艰巨的任务。

此后，《股票发行与交易管理暂行条例》《证券交易所管理办法》等法规相继推出。

但"路漫漫其修远兮"，如婴儿般才降生于中国大地的证监会，刚刚开始其"上下求索"之路。

还是让别人去"求索"吧，"只言股市无所为，公门百事皆有期"。"这种活任何人都无法久干，只能干一段时间。"1995 年，65 岁的刘鸿儒悲哀地说，"这些年我参与制定的各种法规文件摞起来有我高了。"

当年的 3 月 31 日，个子才 1.65 米的他卸任，到大学当兼职教授带研究生去了。继任的是中国建设银行行长周道炯。

完善有关监管制度

1992 年 9 月中旬的一天，时任中国建设银行行长的周道炯突然接到中央组织部武连元副部长的转告："中央决定由你去筹建国务院证券委员会并任常务副主任。"同时嘱他三天后正式给予答复。

更加出乎预料的是，第二天，在时任副总理的朱镕基的办公室，周道炯看到了一份由已经由国务院领导圈阅同意的报告，这是一份鉴于深圳"八一〇"事件国务院决定成立国务院证券委和证监会，以及新设部门人士任命的文件。正是这份文件使周道炯与证券市场结下了不解之缘。

三年后，1995 年 3 月中旬的一个礼拜天，国务院常务副秘书长何椿霖找来时任国家开发银行副行长的周道炯到家中谈话，告诉他国务院李鹏总理、朱镕基副总理已商定要他到证监会当主席。

说了这番话后，看周道炯没有马上表态，有些犹豫，何椿霖加了一句："必须去！你的国务院证券委常务副主任并没有免嘛。"

已经 62 岁的周道炯听出话中的坚决，他当即表示服从组织决定。

几天后，朱镕基找到周道炯，就证券市场和商品期货市场的基本方针、原则措施作出了指示。

遵照指示，周道炯上任伊始，即采取了两手抓，一手抓整顿规范，加大监管力度，以稳定市场，一手抓证监会和各交易所内部的思想建设和廉洁自律。他上任第一年，规范成了证券期货市场的主题。

周道炯上任 3 个月，证监会提出了《中国证券市场九五时期到 2010 年发展规划草案》，李鹏听取了意见并给予了支持。

这份未曾正式下发的规划提出了九条措施建议，包括：

> 建立统一市场法规体系，争取尽早出台《证券法》；建立统一的市场管理体系和市场运行体系；建议国有股与法人股逐步上市；建立合理的投资结构，如培育发展投资基金；建立证券市场融资机制；逐步降低市场税费水平，完善税费制度……

以后的市场发展实践证明，这一规划是具有预见性的。关于对市场影响深远的八字方针，周道炯后来回忆道：

> 1995 年 10 月，证券市场 5 周年之际，朱镕基副总理亲赴上海证券交易所视察，在上海交易所的一间会议室里，听取交易所工作汇报后，

朱镕基对我说："我把四句话送给你们，法制、监管、规范、自律。"

此后，周道炯在布置工作时，就将这四句话归纳为证券业遵循的八字方针。由于八字方针对证券市场发展的重要指导意义，成了证券业规范发展的利器。

回想 1992 年以后的一段日子，必须承认那是证券市场波澜起伏的多事之秋。

1996 年，股市走出了低迷，上市融资和投资者倍增的同时，年底股市发展成过度投机和大户操纵严重，对此，周道炯认为，12 月 16 日，《人民日报》发表特约评论员文章，重申政府规范市场的决心，对抑制过度投机、防止股灾、提高股民风险意识、规范市场起到了积极作用。同时证监会对交易所采取的两项措施，实行涨跌停板制度，将证券清算交割由 T＋0 改为 T＋1 清算制度，起到了稳定市场的作用。

在当时，江泽民总书记曾亲自在证监会给国务院关于股市情况的报告上作出重要指示：

巩固成绩，随时警惕，谨慎小心，及时调节。

作为重要的融资场所，监管机构的规则制定对市场有着极大的影响。

本书主要参考资料

《中国股市：轮回中的涅槃》何诚颖等著 中国财政
　　经济出版社

《看懂股市新闻》袁克成著 北京机械工业出版社

《我的提款机：中国股市》周佛郎 沉辛著 地震出
　　版社

《大熊市：我们如何取暖》李文勇 吴行达编著 经济
　　管理出版社

《第一要务：战胜股市风险》海天编著 中国科学技
　　术出版社

《中国股市异象研究：基于行为金融视角》孔东民著
　　华中科技大学出版社

《基于分形分析的我国股市波动性研究》曹广喜著
　　经济科学出版社